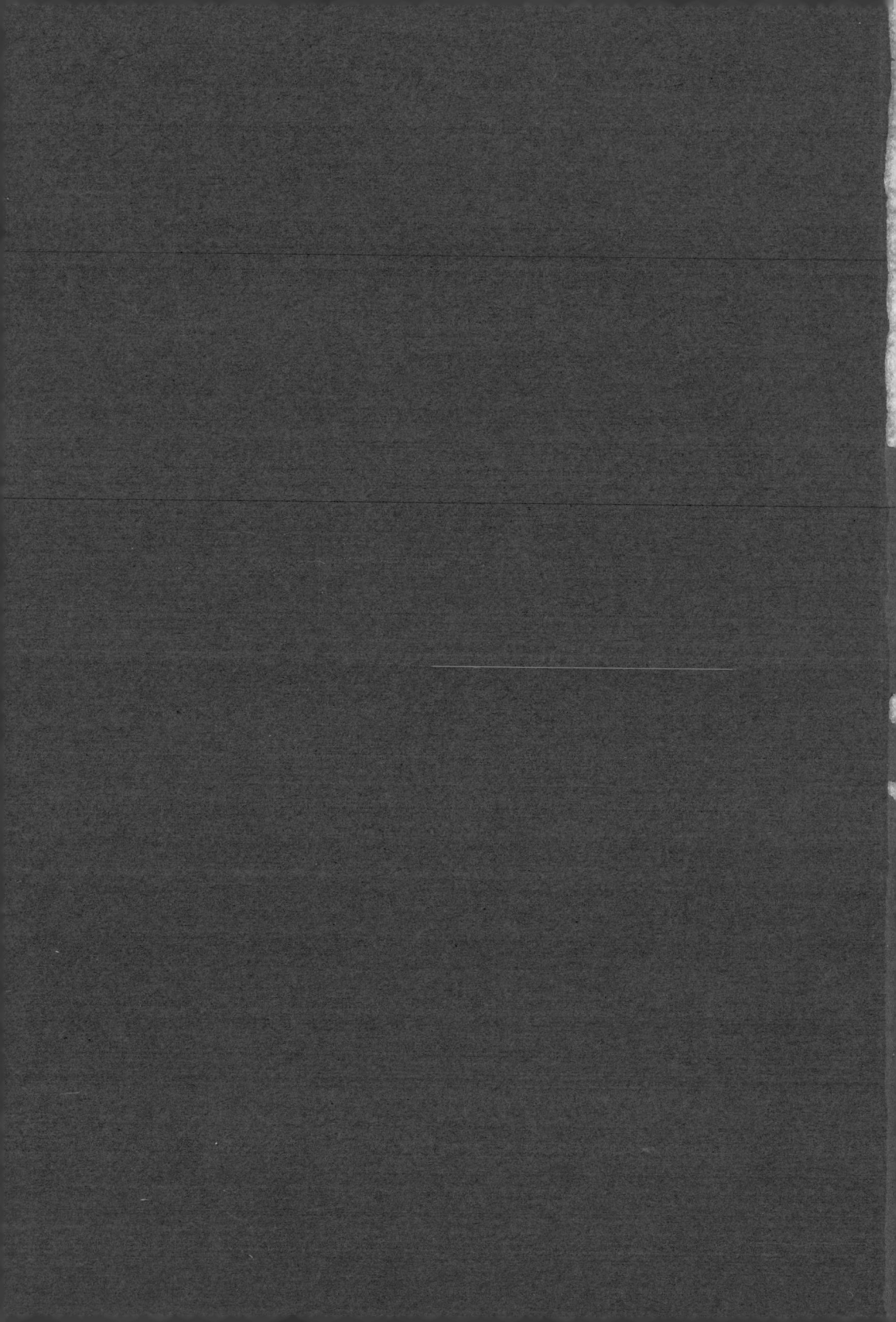

李来柱 诗记

(2)

李来柱 著

长
诗
选

中国青年出版社

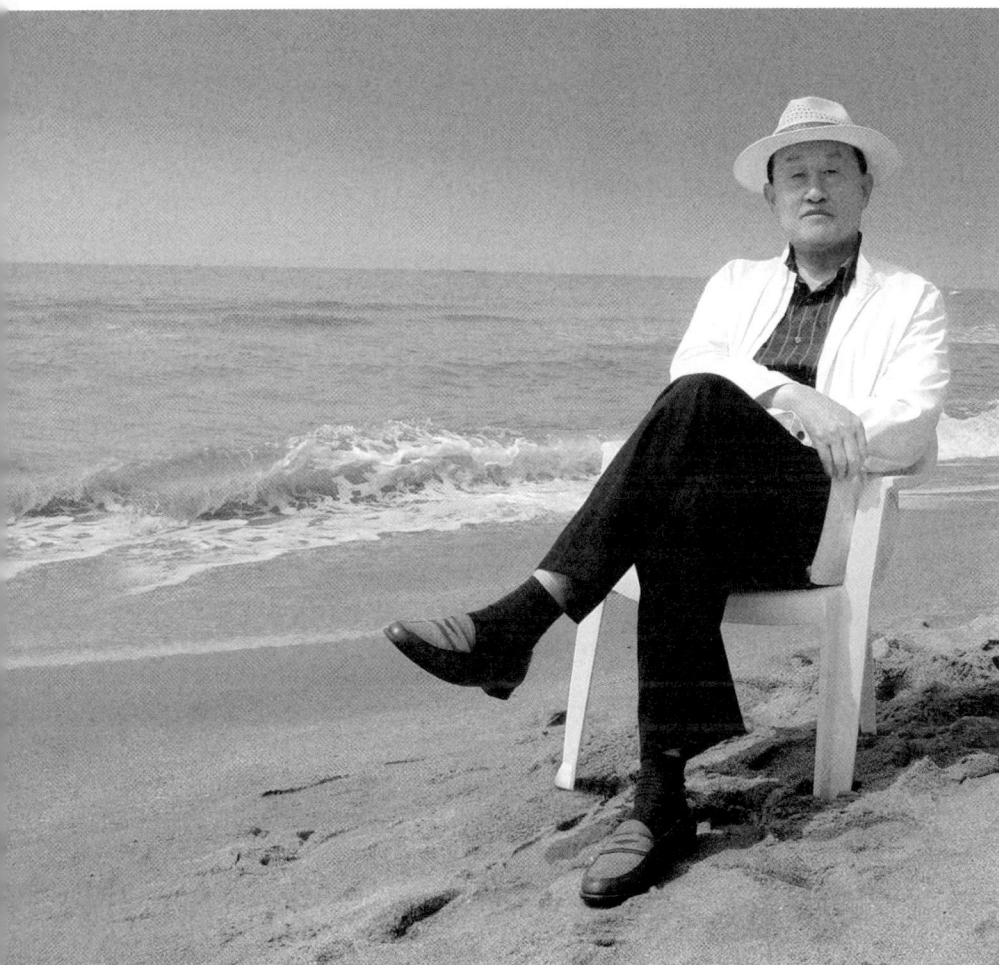

作者像

自序

　　诗歌是阐述心灵的文学艺术，它以凝练的语言、绵密的章法、充沛的情感以及丰富的意象来高度集中地表现社会实践生活和人类精神世界。诗歌的要务是教会人们保持清醒，乐观地面对生活，坦然地看待生死，理智地洞察人生。纵观中国历史，众多伟大的诗人光照千古，他们的诗词歌赋就像天空中的明星，映照万里，如先秦的《诗经》《楚辞》，以及汉乐府、唐诗、宋词、元曲，在各个时代都是文学艺术的高峰，形成了独特的美学内蕴，成为世界文学宝库的璀璨明珠。

　　诗歌不仅是一种高雅的文学艺术，更是思想的砥石，人生的结晶，生命品质中的要素。我的诗歌，写共产主义、党、国家、军队、社会、历史、文化，写农村、城市、工农兵、英烈，写家乡、入伍、入党、作战、学习，写战友、领导、乡亲……这些沾满泥土的小诗，扎根于大地，摇曳在战场，虽不起眼，却与工农兵和人民贴得最近。我热爱在这片土地上生活的人民，经常深入基层走访调研，与人民群众接触，与山河大地接触，与实际问题接触，获取鲜活的气息和营养，不断充电，不断前进。

著书写诗，完全是意料之外的事情。古书里面文臣武将、才子佳人占满了章页，农耕与工者却寥寥无几，这不符合历史。人民是历史的创造者，人民群众是真正的英雄。应为人民群众写书，为革命英烈写书，为党为国为军为千秋大业写书，写面向未来启迪人生的书。著书写诗，一不为权，二不为钱，三不为名，而是作为生活的记录、思想的自勉、精神的乐趣和心灵的自省，无偿向全国各族人民和单位赠书捐书，进行扶贫济困，办希望学校，建爱国工程等等，心底无私，天高地阔。著书写诗是历史的责任和炽热的情感使然。我出生于鲁西北平原的一个贫苦农民家庭，幼年时期目睹和亲历了日本侵略者"三光政策罪滔天"的恶行和"国土沦丧骨肉离"的惨剧。在山河沦陷、民族危亡的关键时刻，义无反顾地走上战场，发出"年仅十二当八路，誓斩敌寇保家园"的呐喊。战争年代，由于环境复杂，敌情多变，养成了适应变化、克服困难、抓紧时间、就地学习、点滴积累、快速写记的习惯，尽量使用简短的句子，记载经历，感知事情。随着文化水平的提高，日积月累由量变到质变，形成了日记式的诗文。所以，我将自己的诗歌称作"诗记"，即诗歌体的日记。这是诗记的独特风格和鲜明特色。后来，诗记伴随着战斗和工作的脚步，一路战斗一路歌，鲁西北平原的抗日烽火，中原大战的九死一生，打过长江去的壮怀激烈，进军大西南的淬炼磨砺，戎州征战的浴血洗礼，挥师渤海抗美援朝、保家卫国的士气，塞外卫国戍边的风雪寒霜，白手起家办军校的精神，大军区岗位的实践开拓，全国人大时的调研立法，离休后的公益服务，这些不仅是人生经历的大熔炉，也是诗歌扬芳吐烈的根土。它是在血洗征尘中熔铸的，是亲历者写成的；是一名亲历者对党、对祖国、对人民、对军队的无比忠诚；是人民群众激发思想和灵感，给予力量，通过诗句来倾吐心中的热血和大爱。

实录学习生活　谱写人生之歌

生命不息，学习不止。读书学习是人生的永恒主题，每时每刻都离不开。在茫茫黑夜中，学习为我拨开迷雾，点亮光明；在人民战争中，学习给我智慧力量，促我愈战愈勇；在和平时期，学习使我心系使命，居安思危。

在艰难困苦的岁月里，那颗对知识的渴求之心总在寻找和攫取学习机会。部队行军打仗，学文化就以大地为课堂，以群众为老师，以实践为课本，以膝盖为课桌，把多识一个字当作多捉一个俘虏，把学会一门课当作完成一次战斗任务。向文化大进军中，既当教员又当学员，被评为"一等学习模范"，成为"文化战线上的优秀指挥员"；后来又到第六政治干部学校、第二高级步兵学校、军政大学、中央党校学习深造，成为中国军事科学学会高级研究员、中国作家协会会员，勤读书、勤思考、勤动笔，是养成的学习习惯；学必求深、悟必求透、研必求解、信必求诚、知必求行、用必求果，是自觉的要求。撰写诗记、传记、回忆录、文集、战斗报告、战斗故事、理论专著等数十部，不断向科学文化大进军，不断向文学艺术的高峰攀登。我的诗记有一大部分是记录学习生活的，正如在《论学》一诗中所写："为学之道贵恒勤，潜心铸炼求精深。胸怀理想游学海，心系使命砺终身。实践检验试金石，钢梁能磨绣花针。大浪淘沙竞千古，文章读罢品做人。"写诗就是写自己的心声，写诗需要以丰富的学识、丰厚的底蕴为基础，在不断学习中提高。

反映军旅生活　奏响冲锋战歌

无论是战争年代还是和平时期，我始终同战士朝夕相处、生死与共、情如手足。伟大的战士是对出生入死、英勇无畏、无私奉献革命战友的讴歌和礼赞。军人自有军人的风骨，不畏艰险，勇于奉献；战士自有战士的豪情，熏陶志趣，乐观向上。战场上的革命战士，冲锋号一响个个都是小老虎，猛打、猛冲、猛追，攻如猛虎，守如泰山。能攻能守，不怕顽强对手；勇敢战斗，不怕流血牺牲；善于战斗，不怕敌情多变；有我无敌，不怕虎穴凶险；连续战斗，不怕吃苦耐劳；争取主动，夺取最后胜利。英雄的部队，伟大的战士。战士的生活最有诗意。作为一名革命军人，诗记中没有灯红酒绿的狂歌醉舞，却不乏沙场征途的鼓角号音；没有艳词绮语，却不乏战友亲人的赤胆热肠；没有花前月下的闲情逸致，却不乏幽兰劲竹的气节情操；不事精雕细琢，但求直抒血性，一任真情喷涌。这种真情实感是对革命战争的讴歌，对国家建设发展的感奋，对祖国大好河山的赞美，对伟大革命精神的颂扬。军旅诗词的生命意义在于高擎理想的火炬，奏响冲锋的号角，崇尚爱国主义和英雄主义精神，这也是官兵的呼唤和人民的期许。无论是快乐还是忧伤，无论是豪迈还是婉约，都是用一颗自然而真诚的心与整个世界交流。在血与火的烛照中，人的意志品质和精神境界也随着战斗的脚步和奋进的诗篇一道沉淀净化，浴血升华。革命战士的一生，与党的事业紧密相连，与建设强大的国防和军队息息相关。诗歌，不仅是一个革命军人理想、追求、志趣的宣言，而且通过这一首首诗的长虹，托起了一部英雄部队的光荣史。这对于发扬人民军队优良传统，激励后代继往开来，具有深远的意义。

直面现实生活　唱响心中赞歌

我的诗记，直面生活，为民之事而作，文即所见，从实发感，思而动笔，就地诗成。凡所遇、所知、所见、所闻、所思、所感，只要是具有积极向上意义的东西，尽量用诗写下来，随时随处，兴之所致，酌情动笔，不拘一格，加有注释。我的诗歌，没有奇特的想象，奇怪的情思，有的只是平淡如水，近乎白话的语言，可却喷薄着最直白、最真诚、最炽热的情感。正如诗中所言："我的诗歌 / 我心中的歌 / 我生命的歌 / 不为展示艺术才华 / 不图表白儿女私情 / 不求浪漫情调 / 不喜无病呻吟 / 不故弄深沉 / 不追名逐利 / 讲究直意纯真 / 我抒发的是 / 历史的厚重与沉思 / 我表达的是 / 对祖国，对人民，对军队，对党的 / 热爱与忠诚。""研史成诗，凝思为赋"，记事以抒人民之情，告诉人们应当如何看待现实与历史。如果说人生是一首诗的话，那么感悟就是诗的灵魂，诗是生命自身闪耀着的光。"正诚勤志军旅情，朴乐新明民为先"的座右铭，"苦中砺志、学中砺智、责中砺勤、干中砺能、甜中砺节、搏中砺坚"的人生历练，成为生命中最深切的体验，也成为写诗作词的思想内核，深深融入到人生历练之中，逐渐形成了一条汹涌澎湃的情感长河。

创造幸福生活　筑成奉献之歌

什么是生活？生活是指人类为生存而进行的各种活动。生活反映人生的态度，是对人生的一种诠释。不同的人生观，有着不同的人生态度，绘制着各色的人生画卷。富有意义的人生应该想些什么、做些什么呢？国家人民！

为创造人民幸福而奋斗！这不仅是领导者的责任，也应该成为普通公民的追求。作为中华人民共和国公民、中国共产党党员、中国人民解放军军人，公民的义务永远不能丢，入党的誓言永远不能忘，军人誓词永远不能违，全心全意为人民服务的宗旨永远不能变。要以科学的思维，冷静的头脑；战斗的激情，宽广的胸怀；平和的心态，真挚的友谊；无私的关爱，勤奋的劳动；忘我的学习，积极的创新，能动地创造幸福美好的生活。有理想、有目标、有行动、充满人民利益的作为是最美好的生活，是最有意义的生活。战争年代，最高兴的事是打胜仗捉俘虏、穷人得解放做主人；最痛苦的事是战友牺牲、劳苦大众处于水深火热之中。伟大的事业需要伟大的精神，千百年来，中华民族艰苦奋斗、自强不息的精神改变着世间万事万物。在改造客观世界的同时也改造着主观世界，从必然走向自由。诗歌体现的是民族的魂，展示的是中国人的精气神，是民族的，更是世界的。诗歌在我们民族生活中具有极其重要的地位和作用，与中华民族伟大振兴的大业紧密相连。因此，必须以人民为中心，为人民服务，创造属于人民、为了人民、讴歌人民的诗歌，坚持中国特色社会主义文艺的前进方向，努力筑就中华民族伟大振兴时代的文艺高峰，书写中华民族新的史诗。

　　自 2000 年六本诗记和 2011 年八本诗记出版以来，引起了诗词界的关注，既给予了充分的肯定，又提出了许多宝贵的建议，不少朋友感觉意犹未尽，提出出长诗和短诗的问题。带着社会和友人的重托，这几年我辗转南国北疆进行走访参观，在实践中新创作了一些诗词，汇同以前的旧作形成了这套四卷本《李来柱诗记》：卷一《短诗选》收录短诗 200 首，卷二《长诗选》收录长诗 100 首，卷三《五言诗选》收录五言诗 202 首，卷四《七言诗选》收录七言诗 302 首。四卷本诗记是一个有鲜明内在联系的整体，战争年代部分，主要反映战斗岁月和部队火热战斗生活；和平时期，从部队到地方，从祖国的大江南北到世界各地，随走随写，有感而发。这些都贯穿于人民军队服现役 60 年和人生 80 余年，它们的根基是人民和祖国，有着蓬勃生机，像江河大海一样奔流不息。

　　希望更多的军旅诗人，扎根于五千年民族文化的深厚沃土，深入社会和军营实践生活，为之高歌，为之拼搏，创作更多的优秀军旅诗词，铸就代表中国军人精神风貌的美学风范，为强军兴军提供强大精神动力，进而成为中华民族伟大振兴的文化先声。

谨以此四卷《李来柱诗记》献给为国家和人民作出巨大牺牲和贡献的战友和同志,献给基层官兵和青年朋友,献给祖国的未来和民族的希望,献给伟大的党、伟大的祖国和伟大的社会主义事业,为建设富强、民主、文明、和谐的社会主义、共产主义而努力奋斗!

在此,向在整理出版过程中给予大力支持和帮助的单位和同志,表示真挚的感谢。如有不妥之处,存芹之衷,唯愿广求斧正。

目　录

渡黄河

形势

一年歼敌百余万，
防御转入反攻战。
蒋匪哑铃蠢战略，^①
陕北山东两重点。
尖刀插入敌心脏，
部队挺进大别山。^②
艰巨任务系全局，
强渡黄河进中原。

受命

三百公里选渡点，
刘邓大军十二万。
雄师劲旅先遣队，
渡河选择豫濮县。
士气高昂大练兵，
人民支前造渡船。
林隐船坞挖引河，
胜利之师永向前。

惑敌

声东击西迷惑敌，
太行冀南装主力。③
豫北向敌猛进攻，
佯攻开封苏皖豫。④
开封东阿敌防线，
黄河布防五百里。

天险顶兵四十万，
固若金汤吹牛皮。

誓师

渡河南下齐动员，
战斗准备想周全。
部队召开誓师会，
磨拳擦枪勇争先。
六月三十明月夜，
千米河面波浪翻。
汛期涨水流量大，
杀敌立功战天险。

出发

四连先遣第一船，
各班一船集河滩。
棉花每人发一包，

堵船漏洞防打穿。
船工水手跨舵位，
指定专人保安全。
渡河号令一声下，
二五八班冲在前。

渡河

船至河心漩涡卷，
紧抠船舷盯对岸。
千帆竞发过大河，
接近南岸敌惊喊。
敌弹乱飞头顶过，
炮火轰鸣映红天。
船头机枪压制敌，
大家奋力齐划船。

登陆

飞舟触滩刚靠岸，
官兵争先跳下船。
英勇战斗向前冲，
行进射击过河滩。
炸毁碉堡占大堤，
阻敌反扑打增援。
掩护后续二梯队，
一夜之间破防线。

意义

倚堤水障吹破天，
黄河失守敌震撼。
解放战争大转折，
内线作战转外线。
雄师锐气不可挡，
胜利跃进大别山。

战争引向蒋管区，

中国革命揭新篇。

1947 年 7 月 1 日，于河南省濮阳县林楼。

———————————————

① 蒋匪哑铃蠢战略：哑铃，蒋介石集中兵力进攻陕北、山东，搞"重点进攻"，这种兵力部署被比喻为哑铃形。

② 部队挺进大别山：指刘伯承、邓小平率领的晋冀鲁豫野战军挺进大别山。

③ 太行冀南装主力：太行冀南，指太行、冀南军区部队。

④ 佯攻开封苏皖豫：苏皖豫，指豫苏皖军区部队。

急进芦台集

赶路

寒风刺骨如针穿，
追黄兵团离孝感。①
双脚力赛汽车轮，
争取时间昼夜赶。
钻林爬坡过大河，
艰苦穿越大别山。
沿途人民夹道迎，
纪律严明渡难关。

途中

穿过罗山到潢川，
竹竿河沿奔息县。
淮河南岸大桥阻，
守敌工兵一个连。
先头部队攻势猛，
仓皇弃桥溃逃窜。
息县守敌望风逃，
淮海战役已开战。

过河

淮北大地寒风冽，
连续阴天雨夹雪。
汗湿单衣脚不停，
衣服冰冻似甲铁。
为抢时间趟冰河，
双腿针扎无知觉。

上岸疼痒直钻心，
薄冰似刀划出血。

到位

淮北平原河流多，
一天涉过三冰河。
官兵腿脚留伤口，
乐观昂扬志不堕。
棉被浸湿无法盖，
钻进稻草挤暖和。
钢铁意志克万难，
赶到芦台心中乐。

赞扬

芦台集上领棉衣，
官兵拥怀高兴极。
奉命继续又东进，

急行三天到指地。

神速赶在黄维前，

构筑阵地打阻击。

沿途千里军威扬，

中央军委高赞誉。

1948 年 12 月 25 日，于安徽省涡阳县。

———————————————

① 追黄兵团离孝感：黄兵团，指敌黄维兵团。

血战淮海

诱敌

浉河西岸阻击战，
三百敌尸丢河滩。
浍河北岸设口袋，
诱敌深入两河歼。①
十倍强敌涌我阵，
英勇阻击铁防线。
交替掩护撤神速，
诱敌进入包围圈。

包围

敌陷重围固守战,
车辆筑城待军援。
围师不阙困顽敌,
四面八方挖壕堑。
火力配系交叉网,
道道阵地相通连。
英勇机智打坦克,
瓦解敌军搞宣传。

血战

敌机轰炸逞凶狂,
黑色浓烟遮日光。
坦克在前兵随后,
打掉步兵敌胆丧。
炸毁龟壳展神威,
督战队催懦敌上。

多次突围被打退，
敌尸遍野战旗扬。

全胜

胜利完成阻击战，
压缩包围作贡献。
阵地攻坚战士勇，
阻李兵团打北援。②
两军作战密协同，③
浴血歼敌大决战。
淮海战役震世界，
全国胜利曙光现。

1949 年 1 月 1 日，于安徽省涡阳县。

---

① 诱敌深入两河歼：两河，指浍河和浍河。

② 阻李兵团打北援：李兵团，指敌李延年兵团。

③ 两军作战密协同：两军，指华东野战军和中原野战军。

夺红旗

动员

进发长江待老集，
雄师列队阵容齐。
团长宣布挺进令，
政委动员夺红旗。
"团结巩固模范连"，^①
台上抖开一面旗。
全团开展大竞赛，
优胜连队名不虚。

夺旗

各连争先台上赶，
二四俩连跑在前。
两名政指一齐上，②
几乎同时握旗杆。
台下议论等裁决，
究竟谁先难分辨。
渡江胜利见分晓，
红旗暂扛让二连。

决心

四连战士不服气，
议论纷纷心中急。
说服大家指导员，
夺旗最终看胜利。
团结互助不掉队，
"只要还剩一口气"。③

两月整训见成效，
杀敌立功热情起。

路难

部队官兵决心大，
挺进安庆齐出发。
争先恐后朝前赶，
唯恐掉队拖大家。
初春淮北细雨绵，
春寒料峭冷风刮。
黄胶粘路拔腿难，
鞋带数换胜泥滑。

互助

道路泥泞风雨打，
艰难行军消耗大。
连队支部显威力，

三大互助做到家。④
"飞行会议"及时开，⑤
上下沟通无偏差。
模范带头是党员，
干部在前队不垮。

抵达

长途跋涉相互帮，
干部各班勤看望。
团结友爱一条心，
齐装满员到长江。
进入淮南有敌情，
行军变化时无常。
胜利抵达黄氏祠，⑥
夺取锦旗赢荣光。

1949 年 4 月 5 日，于安徽省桐城县。

① 团结巩固模范连：荣誉称号。

② 两名政指一齐上：政指，即连队政治指导员。

③ 只要还剩一口气：夺旗竞赛时部队提出了一个口号："只要还剩一口气，也不落伍掉队。"

④ 三大互助做到家：三大互助，指思想互助、体力互助、技术互助。

⑤ "飞行会议"及时开：飞行会议，部队行进时，指导员边走边和干部研究情况，布置任务，边和战士谈心。战士们把这种工作方法称为"飞行会议"。

⑥ 胜利抵达黄氏祠: 黄氏祠,位于安庆市北。

解放安庆

对峙

江北安庆地势险，
万余守敌城域盘。
马凤狮棋筑垒地，^①
妄图阻我临江边。
两军对峙几十米，
碉堡敌声耳能辨。
绿草情浓染军衣，
冷枪冷炮啸声尖。

识计

夜间阵前奇怪声，
警戒暗号无反应。
枪口对准待射击，
沉着观察须冷静。
发疯水牛冲过来，
臀部鲜血刺刀洞。
顽敌诱我来开火，
侦察火力计落空。

临城

中央下达进军令，
渡江部队发总攻。
火力封江防敌遁，
三面夹击陷绝境。
万炮齐轰棋盘山，
大堤碉堡一扫清。

强攻猛突破前沿，
穷追紧打兵临城。

解放

安庆城墙高数丈，
勇搭人梯攀登上。
守敌扔下手榴弹，
前仆后继突墙防。
白刃格斗撼敌胆，
追至江边迫匪降。
安庆解放民欢腾，
迎来大地满春光。

1949 年 4 月 22 日，于安徽省安庆市。

---

① 马凤狮棋筑垒地：马凤狮棋，指马山、
凤凰山、狮山、棋盘山。

追穷顽

受命

遵义受命追穷顽，
江南全歼宋希濂。
今日又走长征路，
只准提前不得延。
行军速度日益快，
十四小时走一天。
顶风冒雨过江河，
空腹咬牙翻大山。

睡觉

连续行军不睡觉，
臀部沾地就能着。
梦里闻听军吹号，
枪声一响起身跑。
边走边睡人人会，
就怕沟坎腿绊倒。
膝盖经常磕出血，
乐观逗趣消疲劳。

吃饭

适应行军为作战，
起伙单位一个班。
三个小组分工好，
一个小时能开饭。
等饭片刻呼噜响，
饭熟对耳使劲喊。

早饭多做随身带，
吃饱喝足走得欢。

赤水

夜过茅台闻酒香，
天下名酒没空尝。
脚步匆匆过古镇，
白水也难润寸肠。
赤水波涛伴我行，
高山峻岭无阻挡。
入川大门被打开，
重镇赤水得解放。

泸州

宋匪仓皇泸州窜，
追击消耗超极限。
川黔门户被攻破，

泸州人民笑开颜。
守敌闻讯拼命跑，
穷追不舍敌丧胆。
一天奔袭一百八，
沱江逃敌被全歼。

自贡

败敌溃向自贡逃，
快速追上一锅炒。
昼夜急袭二百四，
腿失知觉脚满泡。
争取时间不能停，
相互帮助士气高。
累极敌人倒路边，
缴枪不杀早睡着。

走到

任务完成终走到，
自贡解放民欢笑。
夹道欢迎解放军，
早把红旗准备好。
切断南逃敌退路，
荣县攻占传捷报。
迂回包围追穷顽，
解放西南立功劳。

1949 年 12 月，于四川省荣县。

歼灭"天下第一团" ①

进军

百万雄师下江南，
蒋军挣扎苟残喘。
期冀胡白两匪部， ②
负隅顽抗据西南。
刘邓首长发号令，
军旗指处大围歼。
二十八师先遣队，
横扫残云驱四川。

设钉

成都新津余匪残，
西进大军迫敌寒。
欲挽覆灭其命运，
希望寄托胡宗南。
精锐部队打头阵，
进至岷江临井研。
入川之路埋钉子，
掩护残部逃云南。

调遣

竹园铺镇四面山，
岷江防线前据点。
易守难攻要隘道，
水网稻地坡梯田。
美式装备胡嫡系，
顽固骄横王牌团。

急令空运竹园铺，
誓与我军决死战。

战法

连续不断追击战，
杀敌壮志冲霄汉。
昼夜行军二百四，
一心解放七千万。
四面包围猛穿插，
多路攻击把敌歼。
大胆迂回敌背后，
断其退路阻增援。

部署

兵力部署有重点，
全师形成棋一盘。
八十二团右梯队，

防敌增援北西窜。

八十三团为左翼，

断敌三江与竹园。③

八十四团作后盾，

隐蔽待机打攻坚。

顽抗

敌我交火激烈战，

遭敌顽抗难进展。

暂停进攻防反扑，

准备再战作动员。

调整部署密协同，

研究敌情选弱点。

上下之间畅联络，

实施指挥是关键。

假降

反动跋扈骄气焰，
自诩"天下第一团"。
今日战场遇"猛虎"，^④
伤亡惨重心底寒。
负隅顽抗施诡计，
假降突围作试探。
喝令弃戈敌不理，
枪炮欢迎计戳穿。

猛攻

出其不意侧后穿，
犹如钢刀插敌胆。
英勇善战雄劲旅，
猛插分割敌断联。
三角队形战术活，
火力掩护不间断。

情况复杂判断准，
领导亲临第一线。

激战

反复争夺大官山，
残兵龟缩退竹园。
攻击前进扫敌阵，
激战二时敌被歼。
四周高地全占领，
瓮中之鳖乱成团。
九支猛虎突击队，
街巷展开肉搏战。

胜利

失去指挥敌混乱，
溃散之敌丧家犬。
竹园铺镇带俘虏，

军民欢呼庆凯旋。

旗开得胜扬军威，

典型战例载史翰。

成都战役一丰碑，

烈士英名万古传。

1949 年 12 月 14 日，于四川省井研县竹园铺。

---

① 天下第一团：胡宗南部第 27 军 31 师 91 团，全部美械装备，自称"天下第一团"。

② 期冀胡白两匪部：胡白，即胡宗南和白崇禧。

③ 断敌三江与竹园：三江，即三江镇；竹园，即竹园铺。

④ 今日战场遇"猛虎"：猛虎，喻指我 28 师。

神勇便衣队

组队

匪痞特务丧天良，
杀人抢劫势猖狂。
造谣惑众蛊民心，
要与人民来较量。
部队建立便衣队，
进山剿匪超设想。
精悍小队担大任，
威震大地敌胆丧。

挑选

十六勇士个个棒，
苦大仇深武艺强。
反应敏捷战术活，
用兵不疑重优长。
英勇机智怀绝招，
危急关头显胆量。
方言土语懂黑话，
战斗小组坚如钢。

重任

便衣队员重任扛，
剿匪建政征公粮。
打入匪巢做内应，
围攻堡垒挺身上。
化装侦察搜敌情，
沟通联络布天网。

净化地方绝匪患，
攻坚克险尖兵当。

战绩

连天山上首胜仗，
活捉内奸恶乡长。
歼灭匪首罗冕端，
狭路相逢蟠龙场。
攻克匪巢金仙洞，
竹海围歼漂亮仗。
炭厂山洞捣匪窝，
青峰寺山威名扬。

威名

神勇便衣打硬仗，
灵活机动无伤亡。
以少胜多歼灭战，

诱敌抢粮入罗网。
相机捕捉攻心战，
匪特丧胆举手降。
神出鬼没建奇功，
川南神兵美名扬。

1950 年 11 月，于四川省江安县。

一根针系万缕情
——献给敬爱的指导员翟大元

为纪念指导员翟大元在淮海战役中英勇牺牲10周年而作，以此寄托对他的悼念和哀思。

爱，
是您那颗滚烫的心，
贴着我们的胸脯，
驱走了飘雪的严冬；

爱，
是您那双粗糙的手，
抚摸我的额头，

除去了战后的困倦；

爱，
是您那根不锈的针，
刺穿我的水泡，
行军中仿佛脚下生风；

爱，
是您那串信任的笑，
无论什么时候，
都让我分享无穷的欢欣；

爱，
是午夜里皎洁的月光，
不说一句话，
却洒着不尽的温情。

1958 年 12 月 1 日，于河北省涿县松林
店营房。

爱兵之歌

爱兵

是带兵之真谛

战争年代

生的希望留他人

有马让给伤员骑

有粮先尽战士吃

棉少士兵穿

干部冒风寒

炮弹飞来

把兵护身下

危险死亡

党员冲在前

战士病了

体贴关照

战友婚姻

牵线搭桥

谁家有难

解囊相助

革命熔炉大家庭

志同道合

互助友爱

同甘共苦

心心相连

一壶水

一碗饭

饱含兄弟情

一双鞋

一根针

渗透慈母心

无私的爱

像汩汩的暖流

能融化心中的冰凌

真挚的爱

像无声的细雨

能滋润革命的激情

博大的爱

能铺平征途的坎坷

能唤醒人生的迷梦

同志的爱

能创造人间的奇迹

难能可贵

战无不胜

合格的带兵人

心中想人民

胸中装士兵

洒向军营都是爱

关怀奉献手足情

官爱兵

育精兵

带出优秀的士兵

训练是尖兵

工作做雷锋

战场当英雄

带出一流的部队

平时苦练基本功

战时真正过得硬

我们这样的军队

是祖国和人民

真正的钢铁长城

1963年7月1日,于河北省易县支锅石村。

爱民模范谢臣

滂沱大雨，五夜六天。

雷鸣电闪，猛兽出山。

山洪滔滔，汪洋一片。

东高士庄，面临灾难。

心系人民，我营抢险。

全体官兵，人人争先。

士兵谢臣，奋勇在前。

雨大水急，山陡路滑。

背老携幼，爬行上山。

连续奋战，直到傍晚。

雨衣已脱，又脱上衣。

情系群众，全心为民。

拂晓来临，再次进村。

惊天山洪，啸声雷震。

退可全生，进则捐身。

绝不退缩，英雄谢臣。

卷入洪流，依然扬臂。

为救群众，拼尽全力。

巨浪打来，沉没谷底。

山河变色，天地泪垂。

洪水无情，情恸乡亲。

战友呼唤，声声在心。

生死时刻，崇高精神。

看待人民，高于自己。

学习人民，改造自己。

爱护人民，胜过自己。

为了人民，舍得自己。

英雄常在，事迹永存。

伟大战士，崇高荣誉。

爱民模范，光耀寰宇。

1963年8月8日,于河北省易县东高士庄。

武装泅渡

全副武装的士兵

万米泅渡已出征

队队似蛟龙

要与海较量

朝着一万米外的"敌方"

牵着风顶着浪

潮涨士气更高昂

大地和山峦

笑赞势不可挡的英雄

手脚当作桨

搏击风与浪

锐气贯长虹

蛙式出弧线

突破险障一关关

无论上升与下降

始终不变的

是前进的方向

每一个动作

都是灵与肉的磨练

轻重火器齐上阵

身载武装需要浮力强

这是体力的考验

这是毅力的较量

无言的战马也不甘落后

跟随着雄壮的大军

勇敢地奔向彼岸

浩瀚的大海汹涌着呐喊

燃烧着蓝色的火焰

把军人坚强如钢的

品性铸炼

1965 年 8 月 1 日，于河北省易县。

阵地为家

塞外设防为御敌，
隆冬北线冷无比。
零下四十不出手，
白毛呼呼雪飞起。①
工事配套体系严，
地下长城超万里。
四皮着身御风寒，②
一土二洋餐难离。③
官兵戍边不觉苦，
霸王河域阵地绿。
高寒大棚育青菜，
创先民学受赞誉。
地下打出三防井，④

引电照明如家居。

军民联防保边疆，

阵地为家心乐意。

1971 年 12 月，于内蒙古自治区察右前旗李清地村。

---

①　白毛呼呼雪飞起：指下雪后随大风刮起的漫天风雪。

②　四皮着身御风寒：四皮，指皮大衣、皮帽子、皮手套和翻毛皮鞋。

③　一土二洋餐难离：一土二洋，指土豆和洋白菜。

④　地下打出三防井：三防井，指防原子、防化学、防细菌的战备水井。

出操

嘹亮的起床号
吹走了厚重的夜幕
抖落了满天的星斗
梦的蓓蕾
还未绽放
军乐的晨曲
已经奏响

出操军人
雷打不动
无论风霜雪雨
无论春夏秋冬
集体的观念
统一的口令
齐整的步伐

和着大地的晨风

迎着初升的朝霞

一二三四

锻炼身体

增强体质

提高警惕

保卫祖国

精神饱满

朝气蓬勃

肩负着人民的重托

等待着祖国的检阅

踏着前进的节奏

走出队列的威严

跑出军人的士气

喊出纪律的严明

军营沸腾了

又是一个

崭新的黎明

1983 年 7 月 20 日，于石家庄陆军学校。

士兵

戎装雄姿

满怀豪情

红星辉映

笑脸漾出光荣

站岗不畏日晒

训练场如虎似龙

翻腾跳跃

能打善冲

信仰坚定

军事过硬

面向未来战场

苦练杀敌本领

正义之举装心中

可爱的士兵

守着万家灯火的宁静

注视着异样的风吹草动

时刻警惕

坚守岗位

严明纪律

是军人的神圣天职

人民的军队

伟大的士兵

宽阔的胸襟

赤诚的情怀

正义的本性

勇猛的品格

关键时刻

总是挺身而出

危险关头

总把生死度外

青春无悔怨

中华好儿女

人民子弟兵
个个是祖国守卫神
人人志在保安宁
曲曲赞歌唱士兵

1989 年 6 月 18 日，于北京。

科学带兵

带兵论，论带兵，带兵好，好带兵。

带好兵，先爱兵，奉真心，献深情。

解放军，好传统，为人民，子弟兵。

兵靠官，官靠兵，兵尊官，官爱兵。

官兵亲，如兄弟，官兵谊，手足情。

五湖聚，四海汇，成一体，大家庭。

四尊重，四关心，带兵人，应记清。

尊人格，尊地位，尊权益，尊反映。

关进步，关生活，关安全，关家庭。

爱忌偏，爱忌溺，爱忌俗，慎言行。

带好兵，须知兵，知之深，才识兵。

知兵里，知兵外，活字典，一口清。

知兵言，知兵行，知兵心，知兵情。

知经历，知习惯，知爱好，知个性。

知心理，知身体，知特长，知家庭。

深知兵，是前提，要掌握，主动性。

交朋友，善调查，访社会，连续性。

带好兵，需严格，严为本，座右铭。

老元帅，谆告诫，一味慈，不掌兵。

严组织，严纪律，严作风，严规定。

严有情，严有理，严有度，界线清。

严带兵，抓关键，最重要，赏罚明。

严是爱，松是害，平时严，战时硬。

带好兵，有依据，遵规章，按条令。

要力戒，土政策，无法纪，随意性。

带好兵，重带心，搞教育，效果灵。

善说服，勤疏导，解扣子，理自明。

心换心，身示心，心身到，心自平。

情感心，理昭心，带心法，融注情。

带好兵，要公正，倡廉洁，做标兵。

贪必变，奢必烂，靡必废，邪毙命。

廉生威，洁生信，正生严，公生明。

公办事，正做人，洁为官，廉带兵。
带好兵，要练兵，刻苦练，武艺精。
说带兵，不练兵，带不出，过硬兵。
练思想，练军威，练纪律，练体性。
军容整，纪律严，技能熟，作风硬。
带好兵，善养兵，人马壮，质量精。
带好兵，重身教，先士卒，令而行。
带好兵，靠骨干，兵管兵，兵带兵。
带好兵，看对象，因人异，方法灵。
带好兵，有标准，实打实，硬碰硬。
带好兵，扬优势，继传统，念真经。
易带兵，难带兵，关键是，会带兵。
会不难，难不会，桥和船，探捷径。
带兵法，千千万，贵实践，重实行。
带兵人，素质高，才能够，带好兵。
有知识，明情理，讲民主，倡文明。
真爱兵，深知兵，严管兵，法约兵。
心带兵，善养兵，精练兵，会用兵。
带兵人，齐努力，活带兵，巧带兵。

擅带兵，大带兵，带强兵，带雄兵。
带帅兵，带精兵，带一代，合格兵。

1991年3月，于北京西山。

献辞

为青峰寺烈士陵园纪念馆而作。

青峰寺山
我曾战斗的山
这里的一草一木
一土一石
牵动着特殊的情感
青峰寺战斗
一个漂亮的剿匪歼灭战
打出了雄风军威
开创了
江安剿匪征粮建政的
新局面

战斗中
与我并肩战斗的
三十二位战友
连突七道拐
血染石寨门
英名铸青峰
用青春和热血
为共和国的黎明
谱写了新篇

亲爱的战友啊
永远把你们深切怀念
怎能忘记
当时你们
还未拂去战斗的硝烟
为了夺取全国的彻底胜利
为了解放水深火热之中的
七千万劳苦大众
与二十八师指战员一起

挺进祖国大西南

挑起了

剿匪征粮建政的重担

面对刀切斧砍般的

悬崖绝壁

与盘踞在青峰寺的

五百余匪徒

展开了殊死搏战

翻越七道拐

一阶一道关

激战寨门前

一步一层险

你们用

红心赤胆

杀出了一条胜利之路

你们用年轻的生命

夺回了人民的峰峦

你们伟大的身影

永远不会倒下

英雄的形象

化作柱石如磐

你们伟大的思想

永远放射光芒

不朽的英魂

化作青松一片

你们伟大的名字

写在共和国

广袤的土地上

你们血染的风采

在五星红旗上

迎风招展

今天

我们怀着

一腔滚烫的思念

追忆当年

凭吊你们

共和国忠诚的优秀儿男

你们的壮烈牺牲

换来川南人民的

和平安宁幸福团圆

祖国不会忘记你们

人民不会忘记你们

你们的英雄业绩

中华儿女世世代代颂赞

前辈创业垂青史

长征接力薪火传

你们的精神

与天地共存

与日月永悬

我们将永远

高举革命的旗帜

踏着你们的足迹

团结奋斗

阔步向前

努力建设

革命化现代化

正规化军队

努力建设

具有中国特色的

社会主义现代化强国

我要以一个中华人民共和国

将军的名义

以一个中国人民解放军

革命战士的名义

以一个为祖国的解放

而同甘共苦出生入死战友的名义

向你们

我亲爱的战友

我志同道合的同志

致以崇高的军礼

1992 年 8 月 1 日，于四川省江安县青峰寺。

中华五千年

学习中华五千年史有感而作。

尽忠华，五千年，文明史，远又长。
伟人众，豪杰多，名人丰，四海扬。
惊日月，泣鬼神，民族魂，著史章。
盘古醒，开天地，女娲秀，人登堂。
神农勤，尝百草，轩辕煊，造宫房。
仓颉灵，编文字，嫘祖巧，织布忙。
黄帝猛，战蚩尤，炎黄合，华夏创。
尧俭朴，舜贤达，禹治水，万世芳。
纣王虐，必自毙，武王奋，得四邦。
春秋兴，三传出，战国盛，五霸强。
孔孟子，办儒学，管和晏，齐名相。

两孙子，修兵书，叹商鞅，五马伤。

邹忌讽，王纳谏，屈原愤，投汨江。

苏秦毅，孙敬韧，锥刺骨，头悬梁。

扫六合，国统一，留威名，秦始皇。

孟姜女，哭长城，揭竿起，陈吴广。

鸿门宴，释沛公，霸别姬，刎乌江。

韩张萧，皆奇才，汉一统，帝刘邦。

汉武帝，称雄主，司马迁，史记响。

张骞勇，征西域，丝绸路，通远方。

送昭君，出塞外，遣苏武，去牧羊。

光武帝，武功赫，黄巾起，汉膏肓。

青梅酒，论英雄，桃园义，刘关张。

魏蜀吴，天下分，晋归一，世太康。

八王乱，淝水战，士族奢，门阀猖。

祖逖起，闻鸡舞，桓温健，震四方。

王羲之，擅书法，陶渊明，设梦想。

道武帝，都平城，孝文帝，迁洛阳。

谢灵运，诗怪杰，范晔贪，把命伤。

祖冲之，圆周率，贾思勰，治农桑。

隋暴政，顷刻倒，李世民，建大唐。

魏征直，当明镜，武则天，做女皇。

贞观治，安史乱，杨玉环，唐玄奘。

李白仙，杜甫圣，著诗篇，万古扬。

柳宗元，刘禹锡，白居易，鉴和尚。

大唐朝，政通和，国富裕，民安康。

赵匡胤，陈桥变，黄袍衣，加身上。

王安石，倡改革，编通鉴，司马光。

范仲淹，岳阳楼，苏东坡，绘华章。

秦桧恶，臭万年，岳飞忠，把金抗。

绍兴议，辱国耻，歌正气，文天祥。

铁木真，一天骄，征欧亚，扩国疆。

忽必烈，建元朝，都北京，威名扬。

关汉卿，窦娥冤，黄道婆，织衣裳。

出身贫，少为僧，明开国，朱元璋。

纳良策，高筑墙，广积粮，缓称王。

明成祖，夺皇位，创伟业，功绩良。

戚继光，平倭寇，遣郑和，下西洋。

张居正，一条鞭，罢海瑞，实冤枉。

李自成，灭明廷，世留名，李闯王。
郑成功，拒外侵，收台湾，固海防。
罗贯中，演三国，施耐庵，水浒讲。
吴承恩，西游记，李时珍，医术棒。
康乾治，清盛世，文武功，代无双。
和坤倒，嘉庆饱，官腐败，国必亡。
曹雪芹，红楼梦，蒲松龄，聊斋朗。
林则徐，禁烟土，关天培，殉沙场。
洪秀全，举义旗，太平军，舞刀枪。
曾国藩，办湘军，内镇压，外崇洋。
西太后，擅专制，施阴谋，黑心肠。
光绪帝，图变法，公车书，显康梁。
袁世凯，窃国贼，当皇帝，把命丧。
孙中山，摧清朝，建民国，振自强。
毛泽东，共产党，救中国，求解放。
新中国，屹东方。灯塔明，指方向。
基本线，创特色。代代传，党中央。
抓创新，防演变。三文明，科技上。
黄河水，黄又黄，长江涛，浪推浪。

泰山雄，黄山秀，华山险，互相望。
山和水，歌不尽，中华曲，万年唱。

1993 年 2 月，于北京西山。

沙盘

地起山河原
经纬交织牵
构筑钢铁阵
大战在眼前
红旗指点神州剑
坚如磐石保江山

妙手摆沙盘
凝思透老练
神望构思划
谋略显精干
好像将军筹决战
金戈铁马跃千关

高技兵器新

兵力布势展

火力运用妙

大局主动权

五维战场立体战

灵活机动把敌歼

战场无硝烟

训练从实战

对抗赛智勇

红蓝妙胜算

双方争夺关键局

鏖战步步扣心弦

1996 年 8 月 18 日，于北京西山。

带兵三部曲

战争战斗

军队军制

军官士兵

编制装备

带兵指挥

管理教育

带精兵

真爱兵

深知兵

严掌兵

重育兵

实练兵

会养兵

善用兵

身率兵

兵管兵

……

要素的排列

构成一组军旅生活的畅想

带兵

军旅活动的恒然主题

带兵

指挥员的智慧之光

带兵

和平时期军队管理的主旋律

带兵

新一代中国军人

在光辉的战旗上

续写的新篇章

带兵是科学

带兵是艺术

带兵出精锐

带兵出力量

带兵是带兵人的职责

带兵是带兵人的光荣

一部从军史

就是一部带兵史

这里凝聚着

几十年的心血

也沉淀着

几十年的成熟

这里诉说着

几十年的艰辛

也寄托着

几十年的渴望

《情铸雄师》

谱写着一曲带兵爱兵的动人颂歌

《带兵人的桥和船》

探索着新时期带兵的妙方

《带兵论》

带兵精要
做着人民军队的文章

千年磨一剑
百年铸一枪
十年谱心曲
带兵歌悠扬

希冀这带兵三部曲
融入威武雄壮的猎猎战阵
构成一部新时期带兵交响
锻造一代精兵
筑起新的长城
高举旗帜
把伟大的事业推向明日的辉煌
这是一个老兵的心愿
这是一个带兵人
寄予新世纪的畅想

1997 年 10 月 15 日，于北京西山。

练兵场

走向练兵场
威武多雄壮
队队雄风在
个个真叫棒
阵阵口号声
浇壮小白杨
练兵场上练兵忙
从难从严上战场
刺杀格斗操炮枪
投弹爆破震天响
坐如钟站如松
动如虎行如风
匍匐穿过铁丝网
鱼跃轻跳越高墙
通信雷达抗干扰

官兵认真练五防

英勇顽强练三打

机降伞降攻心脏

突击攻打小老虎

机动灵活无敌挡

练兵场炼好钢

意气风发斗志昂

摸爬滚打砺铁骨

春夏秋冬都一样

流血流汗又何妨

练技术艺精良

练战术攻打防

练意志变刚强

练作风令通畅

练思想心明亮

练练练

勤学苦练好战士

战功喜报寄家乡

1997 年 11 月 20 日，于石家庄陆军学院。

新疆

新疆地域宽，壮美好河山。
面积国之最，一百六十万。
东西四千里，南北宽三千。
界长万里遥，周边八国连。①
人口密度小，一千六百万。
悠久文明史，西域文化灿。
隶属华夏土，历史溯西汉。
闻名丝绸路，中西文化连。
新疆于阗乐，西汉传长安。
隋唐龟兹曲，影响到宋元。②
地理地貌独，自然气候罕。
夏季酷燥热，三九干冷寒。
降雨普遍少，冬长夏日短。

三山夹两盆，③塔准隔天山。④

南江宜农耕，北疆沃草原。

戈壁沙漠多，山地一半占。

生存绿洲少，面积仅七万。

高峰十一座，海拔超七千。

山岳冰川带，全国占近半。

塔准两盆地，面积九十万。

沙漠居其中，浩瀚戈壁滩。

塔古二沙漠，⑤神州排列前。

亚洲大脊柱，南有昆仑山。

绵延一万里，横亘到中原。

西部大牧场，畜牧丰泽园。

天山横中央，东西长五千。⑥

山脉二十条，断裂北中南。⑦

裂谷成盆地，一号大冰川。

防雪走廊奇，⑧筑在千米山。

万山之祖宗，帕米尔高原。

北部阿尔泰，蒙族称金山。

岩脉藏金矿，三国边境线。⑨

湖泊一百多，河流三百源。
水系五大河，⑩内水世界冠。
现存七大湖，⑪三咸四湖淡。
鱼类五十种，四大名鱼产。⑫
自然保护区，面积超国半。
国大自保区，首推阿金山。⑬
珍稀动植物，新疆独景观。
野物七百种，植物种四千。
汽车数量多，公路国最远。
北疆铁路伸，哈萨克斯坦。
乌市通喀什，⑭南疆新干线。
开通达十五，陆路多口岸。
航站有十一，民航九条线。
国内数第一，⑮四面八方连。
亚欧腹中心，战略地位显。
祖国聚宝盆，矿产丰资源。
油储三百亿，三盆大油田。⑯
丰富天然气，开发天地宽。
四百亿吨煤，分布二百片。

种全品质好，储量九州半。

阿舍勒铜矿，丰藏国二占。

有色金属广，稀有金属全。

黄金产量高，八个万两县。

宝石之乡称，夏商亮璀璨。

新疆农业省，四季常干旱。

连年大丰收，水库是冰川。

八千万公顷，沃野大草原。

三北防护林，固沙绿山川。

日长温差大，瓜果丰高产。

人均瓜果量，新疆首位占。

葡萄哈密瓜，西瓜大又甜。

全国大棉区，特产长绒棉。

甜菜糖产量，排列各省前。

薰衣草产油，总量全国冠。

贝母数第一，种类多高产。

药中王甘草，产量超国半。

贵重药用胶，阿魏伊犁繁。

盛产啤酒花，国内主要源。

民族风情浓，淳朴趣自然。
新疆烤全羊，名馔上席筵。
烤肉遍城乡，孜然羊肉串。
新疆烤饼馕，小麦玉米面。
做法千百种，各地有特点。
久储不干坏，旅途带方便。
英吉沙小刀，工艺人称赞。
新疆细毛羊，优种全国传。
中国美利奴，⑰改良新代换。
三北羔皮羊，全国占多半。
西部歌舞乡，草原传琴弦。
文物古迹多，地下博物馆。
新疆石窟寺，东汉始凿建。
魏晋南北朝，兴盛刻沟崖。
最晚到元代，前后千百年。
窟群十七处，洞窟近上千。
都城多遗址，古堡沙丘现。
昔日古战场，风云多变幻。
历代争霸主，大漠频战乱。

古代称西域，新疆清代传。

三十六小国，商旅通长安。

汉初匈奴强，中原争地盘。

第一探险家，张骞出阳关。

行程万余里，开拓西域先。

历经千般苦，前后十七年。

两次出西域，结盟抗匈顽。

拓展丝绸路，南中北三线。⑱

四大发明果，万里西方传。

丝帛惊欧洲，光华耀人间。

凯撒大帝喜，龙袍奇惊叹。

丝绸之国誉，珍品金价换。

各国使者沓，长安宾客满。

途中供食宿，轮渠始屯田。⑲

农耕传入疆，旅途有客栈。

西域都护府，设置轮台县。

府址乌垒城，郑吉首任官。

正式入版图，隶属中央管。

唐朝国势强，大军出天山。

两大都护府，安西北庭建。

统管地域广，实行大屯田。

和亲结友好，公主嫁可汗。[20]

蚕丝传西疆，桑树成荫片。

古代丝绸路，漫漫两千年。

遗迹留古道，功绩在人间。

十九世纪初，沙俄西北犯。

得寸则进尺，蚕食一百年。

清朝国力衰，丧土五十万。[21]

阿匪侵南疆，[22] 一八五六年。

攻占叶尔羌，[23] 又陷吐鲁番。

人民沦奴隶，杀人不眨眼。

清将左宗棠，新疆掌军权。

西征收复疆，率兵五六万。

出击三路军，北疆荡敌还。

大军捣南疆，老窝一锅端。

残匪驱出境，边民保平安。

军府改省制，一八八四年。

维护疆统一，迪化省会建。[24]

新疆办事处，^㉕设立三七年。

三任党代表，^㉖抗日聚英贤。

优秀党儿女，为国把躯捐。

三区革命府，^㉗牵制敌十万。

改编第五军，^㉘跟定党向前。

进军大西北，一九四九年。

兰西银玉城，^㉙相继被攻占。

司令陶峙岳，主席包尔汉。^㉚

通电告全国，和平解放欢。

我军进新疆，兵力十七万。

第一野战军，王震一兵团。

新疆党领导，揭开新纪元。

省改自治区，一九五五年。

人民解放军，新疆功勋建。

就地来转业，屯垦为戍边。

十万子弟兵，戈壁把家安。

戍边四千里，兵团五十万。^㉛

人间创奇迹，荒原变江南。

双手开绿洲，一千四百万。^㉜

改造盐碱地，奋斗几十年。

国有农牧场，南北遍天山。

军垦农场师，人口两百万。

昔日古丝路，旧貌变新颜。

各族一家亲，共建美家园。

四十七民族，维族七百万。

民间绣花帽，千姿品种繁。

歌舞赛乃姆，^{③③}伊犁最完善。

弹起冬不拉，轻歌起舞曼。

待客上等食，五指吃抓饭。

奶茶成饮料，每餐喝出汗。

维族美少女，长辫四十串。

婚后留两条，粗长为美艳。

草原哈萨克，好客风尚传。

饮料马奶子，宰羊显体面。

牧场白毡房，图案色斑斓。

哈族常搬家，毡房移方便。

马背姑娘追，男女把情传。

热爱马运动，刁羊赛场酣。

肩挂卡尼娃，阿肯奏琴弦。㉞

柯族叙事诗，《玛纳斯》世传。

民间三史诗，㉟历史百科全。

歌舞花样多，麦西莱甫演。㊱

世界长寿区，人民乐业安。

乌鲁木齐市，西域风韵含。

优美的牧场，蒙古语中赞。

丝路北重镇，汉朝营屯田。

明代始建设，筑城九家湾。

东疆军政移，伊犁变前线。

乾隆赐迪化，三次大扩建。

乌市代伊犁，全疆军政点。

和平解放后，乌市换新天。

新兴工业城，旅游待挖潜。

环山衣带水，沃野广袤宽。

四达之要冲，海洋距最远。㊲

亚洲之中心，乌鲁木齐县。

耕凿弦角乡，歌舞游冶园。

正东博格达，㊳终年积雪寒。

群峰山陡峭，孤立荒漠间。
北临准噶尔，南望吐鲁番。
乌鲁木齐东，国际生物圈。㊳
城南天山脉，雪峰景万千。
西边山峻秀，神秘妖魔山。
南北狭长地，北部广平坦。
乌河流向北，㊵市区分两半。
红山市象征，屹立城中间。
山头如雄狮，山脊犹龙蜿。
九层镇龙塔，"城徽"入云端。
塔映夕阳红，雄立二百年。
四角远眺楼，首府全通览。
高原园林巧，艺术融天然。
景观各特色，市内八公园。㊶
博格达峰下，天池在人间。
又名称海子，传说三千年。
西游周穆王，王母设乐宴。㊷
唐代称瑶池，神话故事传。
湖面半月形，四面环群山。

林中掩古刹，幽径隐山涧。

绿草花似锦，塔松遍坡川。

林带缠山腰，阴坡满云杉。

哈萨克毡房，形似白宫殿。

周围多古迹，神趣灯杆山。

珍奇动植物，名贵数雪莲。

天然冰碛湖，山岳大公园。

冬暖夏凉爽，游客乐忘返。

绰约风姿秀，飞鸟唱林间。

四季竞妖娆，八景齐争艳。 [43]

天然滑冰场，冬运好赛点。

湖畔风光旖，周围百宝山。

牛羊肥牧场，人工养鹿苑。

钢铁云母矿，储藏遍山川。

天山一明珠，驰名天下传。

南山沟谷幽，天然大花园。

白杨河峡谷，古道穿天山。

左右峰夹峙，谷底水不断。

白水涧道称，历史活剧演。 [44]

瀑布白杨沟，景象甚壮观。

歌中达坂城，丝路驿道关。

风力发电厂，全国最大站。

天山大盐湖，供应运四边。

甘沟菊花台，彩蝶舞翩跹。

东去水磨沟，喷涌汤温泉。

南郊燕儿窝，革命烈士园。

陈毛林烈士，⑤中共好党员。

五座墓碑立，⑥清明常祭奠。

南北大牧场，世界都罕见。

雪峰围绿洲，草肥野花艳。

夕阳染牧野，千里似画卷。

牛马遍地跑，羊群赛云团。

草原放牧人，毡房聚欢颜。

克拉玛依市，准盆西北缘。⑦

维语意黑油，建设五八年。

戈壁石油城，最早大油田。

克拉玛依歌，⑧大江南北传。

石油流成海，钻塔红旗展。

英雄钻井队，豪气冲霄汉。

甩掉贫油帽，为国作贡献。

新疆石河子，戈壁明珠闪。

兵团发祥地，军垦新城建。

荒滩变粮仓，英雄创奇篇。

党把号令下，一九五零年。

部队建农场，戈壁扎营盘。

昔日人罕至，塞外小江南。

总理留足迹，⁴⁹关怀暖心田。

三座丰碑立，⁵⁰后人铭纪念。

巾帼群雕像，八千鲁女赞。⁵¹

人工修北湖，渔业好资源。

羊毛产量高，质量国优前。

生产机械化，绿色大花园。

玛纳斯古城，唐代烽燧垣。

金玉绥来称，闻名碧玉产。

药植三百种，野生动物繁。

古代叫姑师，明称吐鲁番。

断陷盆地中，位于东天山。

丝路中北道，开放新疆先。

夏季旅游旺，中外客留恋。

全国低盆地，四周围高山。

世界火州城，华夏最热点。

石上烙烙饼，沙里煮鸡蛋。

一年难见阴，干雨成奇观。㊼

甜瓜盛产地，棉花葡萄园。

风区三十里，暴风沙漫天。

神秘艾丁湖，又名觉洛浣。

中国最低地，百米下海面。㊽

故称月光湖，碧镜映玉盘。

高温五十度，湖水成气烟。

过去淡水湖，如今味变咸。

湖底储油煤，开发已初现。

二百里路长，赤色火焰山。

犹如海中鲸，横卧盆地间。

寸草都不生，独特自然观。

神话《西游记》，唐僧阻火山。

大圣孙悟空，三借芭蕉扇。

鏖战牛魔王，最终灭烈焰。

赤峰红秃岭，山谷流清泉。

鄯善哈密瓜，含糖最高甜。

火山横县境，南北不同天。

北部气候凉，牧场丰天然。

山南农业区，冲积成平原。

大型含油区，侏罗系油田。

哈密至鄯善，明叫黑风川。

清称风戈壁，百里风区险。

风力十二级，火车能吹翻。

修筑防风墙，铁路消隐患。

县城一河隔，沙山妙公园。

瀚海奇风貌，风蚀造景观。

天然沙疗所，库姆塔格山。

埋沙疗法灵，医治关节炎。

吐番最著名，葡萄神州赞。

街道葡绿廊，荫房晾葡干。

品种上百样，产量疆之冠。

醉人葡萄沟，大漠世外园。

水渠网交错，葡园亩六千。

南北八公里，葡萄王国现。

名贵品种多，中外不多见。

无核白葡萄，栽培两千年。

串串晶莹亮，绿珍珠喻赞。

八月葡萄节，长廊宾客满。

绿洲红柳河，戈壁垦荒田。

兵团好儿女，创建大葡园。

伊式苏公塔，⁵⁴人文名景观。

为报天恩赐，吐番君王建。

车师古王国，两千三百年。

交河车师都，河心洲上盘。

唐朝平高昌，安西都护占。

屯驻重兵城，军事要塞关。

伯孜克里克，千佛洞奇观。

崖壁凿洞窟，壁画丹青艳。

回鹘艺术库，绘画记事件。

阿那古墓群，⁵⁵古尸不腐烂。

历史档案库，文物珍贵罕。

高昌千年城，吐番文化点。
西域门户称，两汉建政权。
西州都督府，修复重扩建。
回鹘高昌王，建都四百年。
汉人移居地，耕纺得发展。
都城分三部，布局仿长安。
丝路重名镇，唐僧讲经坛。
神奇坎儿井，开挖始于汉。
特殊灌溉法，构思世惊叹。
工程甚伟大，后人赞祖先。
地下开长渠，深井挖一串。
雪水引其中，井间渠相连。
一千二百条，纵横吐鲁番。
终年长流水，滋润田果园。
总长一万里，地下长城赞。
若羌罗布泊，丝路必经站。
古称蒲昌海，浩荡水潋滟。
形似大耳轮，迁移湖罕见。
罗泊惊世界，一九六四年。

升腾蘑菇云，爆炸原子弹。

粉碎核讹诈，中国挺腰杆。

茫茫沙海中，古国有楼兰。

交通咽喉道，阳关西首站。

丝路之枢纽，最早交易点。

边疆联内地，桥梁架楼兰。

中西文化汇，水乡泽国园。

城廓之国誉，著名有毛毯。

大约四世纪，人口向外迁。

古国成废墟，湖水渐涸干。

东方庞贝城，黄沙湮梦幻。

博斯腾湖秀，风景美娇艳。

瀚海嵌明珠，犹如宝石蓝。

内陆淡水湖，博湖排头前。

大小湖相通，景色媲江南。

湖区原始幽，碧波映白帆。

天鹅群游弋，广阔芦苇宽。

年产鱼千吨，环境无污染。

天山峡谷中，古有铁门关。

如今成水库，拦坝建电站。

迷人天鹅湖，地处和静县。

湖畔牛羊壮，雪峰倒水面。

万只白天鹅，春季来繁衍。

重镇哈密市，日照最长天。

西域襟喉道，中华拱卫关。

古代称昆莫，乌孙王府占。

新疆东大门，入疆头大站。

五堡古墓群，距今三千年。

拉甫乔克城，汉将班超建。

隋将薛世雄，伊吾兵城盘。

盛产哈密瓜，畅销万里远。

大麦品质优，红枣备受赞。

露天大煤矿，动力气化燃。

北疆一金星，昌吉在北线。

动物古岩画，壁存三千年。

医治疑难病，硫磺沟气泉。

南山庙尔沟，果园连成片。

四季松苍翠，常年流水潺。

塔里木河长，内流河最远。

国内排第一，干流分三段。

著名游荡河，不断迁移变。

饮水思故乡，生命之源泉。

塔盆胡杨林，林亩三百万。

荒漠绿森林，屏障阻沙延。

我国绝仅有，世界难寻见。

部队建农场，修渠垦荒田。

绿洲围沙漠，人类定胜天。

石油希望海，储丰油气田。

盆地自然景，风城显奇观。

远看似古堡，风蚀地貌变。

祖国大沙漠，塔克拉玛干。

南北一千里，东西长两千。

世界第二位，面积卅三万。

塔盆地中央，四周绵群山。

曾经大海洋，白浪化尘烟。

世界创奇迹，石油公路贯。

一千四百里，穿越死亡线。

海市蜃楼出，沙漠美景幻。

大漠观日出，天地金灿灿。

企盼沙瀚海，来日变绿原。

世界之玉都，珍奇数和田。

古代于阗国，玉石路起点。

地势南北斜，绿洲不靠天。

官兵开渠首，水引昆仑山。

和田有三宝，丝绸玉雕毯。

闻名和田玉，品质中外赞。

采玉历史久，两千九百年。

精美羊脂玉，金银难兑换。

地毯数新疆，和田最绚烂。

走进维族家，四处是织毯。

卓越品质优，风格独特点。

英美博馆藏，珍品供赏观。

蚕桑丝绸业，全疆中心点。

西陲三丝城，㊶盛名赞和田。

艾特莱斯绸，古老工艺染。

树枝水波纹，质地轻柔软。

维族做夏装，妇女喜爱穿。

神奇核桃王，树龄一千年。

薄皮大核桃，两指能捏烂。

桃仁含油高，中外实难见。

树王无花果，风雨五百年。

出名白油杏，桑椹国中冠。

瓜果乡中乡，处处是果园。

七千公里长，绿廊葡庭院。

全球五百佳，^{⑤⑦}国际美名传。

西汉称疏勒，喀什镶高原。

我国最西城，沧桑两千年。

帕米尔脚下，三面临大山。

最大一绿洲，位于天山南。

东连沙万里，西接葱岭川。

世界第二峰，乔格里峰山。

顶形金字塔，海拔超八千。

维族之故乡，繁荣镇疆南。

唐代地位增，安西四镇先。^{⑤⑧}

商业大都会，南北中转站。

国际名都城，西域最耀眼。

南疆首府地，文明交汇点。

瓜果米粮乡，工业为导先。

红其拉甫口，国际通商岸。

物资博展会，巴扎市荣繁。

最大清真寺，⑲喀什中心建。

民族风格独，庄严五百年。

宏伟碧辉煌，穆斯林圣殿。

伊教两大节，⑳广场喧腾欢。

石窟三仙洞，佛教壁画璨。

东郊香妃墓，三百五十年。

长形建筑体，蓝黄琉璃砖。

和谐巧布局，典雅形美观。

民间留传说，逝后葬中原。

古国羯盘陀，塔什库尔干。

厥语石头城，丝路要隘关。

西部阿克苏，多浪河渠畔。

天山最高峰，托木尔峰巅。

畅销甘草药，高产长绒棉。

最早古石窟，雕凿拜城县。

克孜尔窟群，全国最大片。

建筑分两种，四大石窟先。

洞窟二百多，明屋达格山。

壁画独丰采，晕染红绿蓝。

幽僻山谷中，崖落千泪泉。

库车古龟兹，西域大国烜。

盛产大白杏，脆甜口不酸。

总量千亿吨，盆地丰岩盐。

伊犁处北疆，草原文化源。

乌孙国牧地，塞外好江南。

华夏最丰美，天然大草原。

连接内中亚，丝路北道咽。

伊犁河谷丰，新疆粮仓满。

丰富伊河水，粮油畜牧产。

伊犁将军府，新疆最高官。

乾隆设机构，首府在惠远。

统管疆军政，延续到百年。

惠远古城雄，伊犁河北岸。

八座卫星城，建越水两边。

地广人稀少，南疆维族迁。

曾称塔兰奇，^⑥农业开新篇。

抗英林则徐，谪戍去边关。

流放到伊犁，垦荒找水源。

捐资引河水，妇孺笑开颜。
史赞林公渠，福后驻人间。
农业益边民，子孙永纪念。
州府伊宁市，边陲花城艳。
伊河穿城过，白杨挺参天。
闻名花园城，苹果脆口甜。
优良品种多，栽培世界先。
清代贸易城，新疆经济点。
沙俄侵伊犁，一八七一年。
边民勇抵抗，相持五十天。
伊犁遭陷落，俄占十一年。
九城战火烧，辉煌葬火焰。
伊犁六胜景，别致不重观。
如画果子沟，莺歌姹紫嫣。
伊犁第一景，一天四景观。
谷长六十里，雪峰峭壁险。
香草果木秀，山花开烂漫。
征西元太祖，开道凿通山。
神奇火龙洞，热气喷地面。
挖洞烘烤病，新建成医院。

通呼沙拉瀑，壮丽世罕见。

奇异魔鬼城，尖啸声凄惨。

大街小巷景，呈现自然观。

岩画上百处，刻绘沟谷川。

作者古人类，观者皆赞叹。

草原雕石人，古朴淳粗悍。

美丽蝴蝶沟，身临奇画卷。

"天山红花"景，^⑥唐布拉草原。

一百多条沟，到处美景点。

恰西风景区，壮美数云杉。

峡谷分东西，两景花争妍。

那拉提山峻，天山脉中山。

茂密古森林，野鹿尽撒欢。

阿里马城雄，元代中世建。

察合台都城，中亚大乐园。

克斯八卦城，^⑥特昭盆地盘。

天下独奇城，布局缜密严。

昭苏格登碑，三百四十年。

历史警后人，民族团结安。

天马之故乡，军用役使选。

汉武西极马，^{⑥④} 健壮雄骠悍。

富有持久力，骑乘载拉挽。

昭苏多石人，形态不一般。

古代牧民雕，原始风犹见。

珍贵青黄鱼，伊犁河中产。

天山马鹿壮，珍奇生高原。

新兴奎屯市，兵团七师建。

西北惟一家，财政超亿元。

棉花质量优，盛名"红雪莲"。^{⑥⑤}

新疆西北部，乌苏矿温泉。

特产柳花茶，清朝贡品献。

中国枸杞乡，当推精河县。

精河瓜王誉，个大疆举荐。

"炮弹"甜瓜香，含糖高丰产。

秀丽艾比湖，湖面呈椭圆。

准盆蓝宝石，盐湖美称赞。

边陲博乐市，北铁终点站。

准噶尔门户，古代中亚关。

西部桥头堡，车站巧妙建。^{⑥⑥}

赛里木湖美，镶嵌西天山。

三台海子称，博乐市西南。

山脊梁上湖，丝路北西端。

天鹅掠水过，黄鸭嬉水面。

海拔最高湖，⁶⁷水清澈碧蓝。

湖滨好牧场，周围群山环。

东北两小池，三岛在东南。

田园好风光，草肥地平坦。

每年那达慕，⁶⁸牧民聚集欢。

边境塔城市，巴克图口岸。

优良细毛羊，羊肠衣特产。

农牧结合紧，出口长绒棉。

疗养名胜地，沙湾药温泉。

北部阿勒泰，粗犷绿草原。

稀有金属矿，储丰品种全。

七十二条沟，金矿连成片。

新疆丰水区，高原水电站。

喀纳斯湖奇，湖怪惹人探。

湖面像弯弓，云海霞光现。

荒漠大湿岛，天湖最深潭。⁶⁹

珍禽异兽多，名贵树种罕。

四季景不同，湖水常变幻。

富饶而神秘，国家保护园。

额尔齐斯河，横穿阿草原。

鲤鱼满河道，欧洲鱼种鲜。

注入北冰洋，惟一外流源。

福海大尾羊，准噶盆地产。

阿山名皮衣，质优多式款。

新疆好地方，美景看不完。

科技迈大步，开发富资源。

亚欧大陆桥，万里黄金线。

东起连云港，西到鹿特丹。

国内经六省，境外六国穿。⑦

当代新丝路，亚欧大陆连。

腾飞抓机遇，务实突特点。

南棉北粮势，格局已呈现。

创造好环境，繁荣边贸岸。

瓜果深加工，外运重保鲜。

名优特果林，开发成重拳。

调整农结构，优质创高产。

草场保养好，畜牧良种换。

植树造绿洲，沙漠还良田。

代代齐努力，西北秀山川。

坚持两手抓，科教要优先。

旅游好前景，西部创热点。

诚招四海客，丝路谱新篇。

各族大团结，加强内地联。

军民保边疆，长城固江山。

展望新世纪，新疆更灿烂。

万众跟党走，昂首奔明天。

1998 年 9 月 20 日，于新疆维吾尔族自治区乌鲁木齐市。

---

① 周边八国连：八国，指蒙古国、俄罗斯、哈萨克斯坦、吉尔吉斯斯坦、塔吉克斯坦、阿富汗、巴基斯坦、印度。

② 影响到宋元：宋元，指宋朝和元朝。

③ 三山夹两盆：三山，指阿尔泰山（北部）、昆仑山（南部）、天山（中部）；两盆，指塔里木盆地（南部）、准噶尔盆地（北部）。

④　塔准隔天山：塔准，即塔里木盆地和准噶尔盆地。

⑤　塔古二沙漠：即塔克拉玛干沙漠和古尔班通古特沙漠。

⑥　东西长五千：即东西长 5000 里。

⑦　断裂北中南：天山分为北、中、南三支山脉。

⑧　防雪走廊奇：1980 年 9 月，在天山海拔 3500 米的冰山上，筑成了一条长 258.5 米、高 8.5 米的钢筋混凝土结构的防雪走廊，它是我国海拔最高的防雪走廊。

⑨　三国边境线：三国，指蒙古国、俄罗斯和中国。

⑩　水系五大河：指塔里木河、伊犁河、乌伦古河、额尔齐斯河和玛纳斯河。

⑪　现存七大湖：指博斯腾湖（淡）、艾比湖（咸）、天鹅湖（淡）、乌伦古湖（咸）、赛里木湖（微咸）、喀纳斯湖（淡）、天山天池（淡）。

⑫　四大名鱼产：指哲罗鲑鱼、红鳞鱼、长领白鲑鱼和鲟鱼。

⑬ 首推阿金山：即阿尔金山。

⑭ 乌市通喀什：乌市，即乌鲁木齐市。

⑮ 国内数第一：新疆境内有 11 个航站，9 条航线，总长约 6600 多公里，为我国民航站最多、航线最长的省区。

⑯ 油储三百亿，三盆大油田：三百亿，即三百亿吨；三盆，指塔里木盆地、准噶尔盆地和吐哈盆地（吐鲁番——哈密盆地）。

⑰ 中国美利奴：即中国美利奴羊（新疆军垦系），军垦细毛羊 B 型。

⑱ 南中北三线：丝绸之路从长安（今西安）出发西行，经甘肃河西走廊后，分为南中北三线。南线穿昆仑山北麓行；中线过哈密后折向西北，沿天山南麓绿洲行进；北线则过巴里坤草原，顺天山北麓西去。三条线交汇于中亚，继续西行可抵达欧洲和北非。

⑲ 轮渠始屯田：轮，即轮台；渠，即渠犁（今轮台县策大雅）。

⑳ 公主嫁可汗：唐朝时期，回纥汗国共有 13 位可汗，其中 11 位接受唐朝册封，皇帝将 4 位公主嫁给了回纥可汗。

㉑　丧土五十万：沙俄强迫清政府 1864 年签订的《中俄勘分西北界约记》和 1881 年签订的《中俄伊犁条约》共割占我国领土 50 多万平方公里。

㉒　阿匪侵南疆：阿匪，即阿古柏匪帮。阿古柏是中亚浩罕汗国的高级军官，1865 年 1 月，他率领一批浩罕匪徒侵入南疆。

㉓　攻占叶尔羌：叶尔羌，今莎车。

㉔　迪化省会建：迪化，今乌鲁木齐市。

㉕　新疆办事处：即八路军驻新疆办事处。

㉖　三任党代表：第一任 (1937.4-1937.12) 党代表是陈云、滕代远；第二任 (1938.1-1939.9) 党代表是邓发；第三任 (1939.6-1942.9) 党代表是陈潭秋。

㉗　三区革命府：1945 年 4 月，新疆各地游击队统一组成民族军，同年 9 月，民族军攻占了伊犁、塔城、阿山（今阿勒泰）地区，随后在伊犁召开代表会议，正式宣布成立"三区革命"政府。

㉘　改编第五军：新疆和平解放后，三区革命的武装部——民族军改编为中国人民解放

军第五军。

㉙ 兰西银玉城：即兰州、西宁、银川和玉门等城市。

㉚ 司令陶峙岳，主席包尔汉：陶峙岳，当时任新疆警备司令；包尔汉，当时任新疆省主席。

㉛ 兵团五十万：边境沿线有 58 个边境团场，50 多万人。

㉜ 一千四百万：即 1400 万亩良田。

㉝ 歌舞赛乃姆：是维吾尔族民间歌舞中风格独特的一种形式。原为阿拉伯语借词，意为"美女神像"。

㉞ 肩挂卡尼娃，阿肯奏琴弦：卡尼娃，阿肯哈萨克人的绣包；阿肯，是哈萨克人对民间歌手的称谓。

㉟ 民间三史诗：柯尔克孜族的《玛纳斯》、藏族的《格萨尔》、蒙古族的《江格尔》，并称三大史诗。

㊱ 麦西莱甫演：维吾尔语中译为"歌舞晚会"，它是民间娱乐和风俗习惯相结合的一种娱乐形式，是维吾尔族人民在长期生活中

留下来的一种集体娱乐活动。

㊲　海洋距最远：乌鲁木齐市东至太平洋2500公里，南至印度洋2200公里，西至大西洋6900公里，北至北冰洋3400公里，是地球上离海洋最远的大城市。

㊳　正东博格达：即博格达峰，海拔5445米，为天山高峰之一。山上积雪终年不消，世称雪海，在阜康市境内。

㊴　国际生物圈：1990年，经联合国批准建立博格达山"人与生物圈"保护区，在阜康市境内，保护对象是博格达山北坡山地垂直带及自然景观。这个保护区内有天池风景区、高山草甸、山地森林、荒漠。

㊵　乌河流向北：即乌鲁木齐河。

㊶　市内八公园：即红山公园、人民公园、延安公园、儿童公园、鲤鱼山公园、天山公园、动物园、水上乐园。

㊷　王母设乐宴：王母，即西王母。后来神话小说又把西王母说成是仙界的西天王母娘娘。

㊸　八景齐争艳：即石门、龙潭碧月、顶天三尺石、定海神针、南山望雪、西山观松、

悬泉飞瀑、海风晨曦。

㊹ 历史活剧演：新疆大地开发的历史，许多重大历史事件，都同"白水涧道"有紧密的关系。昔日，车师、乌孙、匈奴、突厥、回鹘、契丹、蒙古、准噶尔以及汉族的骑手勇士，曾在这条古道中穿梭来往。

㊺ 陈毛林烈士：即陈潭秋、毛泽民、林基路。1943年9月27日，在蒋介石和盛世才（军阀，新疆边防督办）的密谋下，中共驻新疆代表陈潭秋、毛泽民和林基路等共产党人被秘密杀害。

㊻ 五座墓碑立：1956年7月1日，在乌鲁木齐革命烈士陵园内，修建了优秀共产党员陈潭秋、毛泽民、林基路、乔国桢和吴茂林五位烈士的墓碑。

㊼ 准盆西北缘：准盆，即准噶尔盆地。

㊽ 克拉玛依歌：即由吕远作词作曲的歌曲《克拉玛依之歌》，由已故男高音歌唱家吕文科唱响。

㊾ 总理留足迹：1965年7月5日，周恩来总理和陈毅副总理出国访问归来时，专程

到石河子总场视察。

㊿ 三座丰碑立：在石河子市区，耸立着三座丰碑，即周恩来纪念碑、王震铜像、军垦第一犁群像。

51 八千鲁女赞：石河子初建时，从山东支边来了 8000 多名年轻姑娘在石河子安家落户。

52 干雨成奇观：即降下的雨未及落地就蒸发掉了。

53 百米下海面：艾丁湖水面低于海平面154 米。

54 伊式苏公塔：位于吐鲁番市东南，是我国现存最大的伊斯兰式砖塔，汉语简称苏公塔，本名额敏塔，苏赍满塔。清乾隆年间吐鲁番君王额敏和卓和他的长子苏赍满两代人，缅怀朝廷恩德，花费 7000 两白银修建了此塔。

55 阿那古墓群：即阿斯塔那古墓群。位于高昌古城北部的"阿斯塔那"和"哈拉和卓"，这是火焰山乡境内两个相邻居民村的名称。

56 西陲三丝城：历史上新疆有三大丝城，

即吐鲁番、吉木萨尔、和田。

(57) 全球五百佳：联合国环境署专员在考察新疆各地葡萄长廊后，授予和田葡萄长廊“全球五百佳境之一”的称号。

(58) 安西四镇先：是指隶属唐朝安西大都护府的四个军镇。最初设在龟兹（今库车）、焉耆、于阗（今和田）和疏勒（今喀什）。后变成了碎叶、龟兹、疏勒、于阗。

(59) 最大清真寺：即艾提尕清真寺。位于喀什市中心的艾提尕广场，是我国最大的伊斯兰教寺院，始建于1426年。

(60) 伊教两大节：即开斋节（新疆称肉孜节）和古尔邦节（又叫宰牲节）。

(61) 曾称塔兰奇：17世纪70年代末，准噶尔部攻灭了南疆的叶尔羌汗国以后，将南疆的一部分维吾尔族农民迁往伊犁开荒种地。准噶尔人称这一部分人为“种地人”，“塔兰奇”是其音译。

(62) “天山红花”景：即电影《天山的红花》。

(63) 克斯八卦城：即特克斯县八卦城。按《易经》八卦图设计，布局奇妙而独特。

(64) 汉武西极马：汉武帝把伊犁马命名为“西极马”“天马”。

(65) 盛名“红雪莲”：即新疆卷烟厂出品的“红雪莲”牌香烟，久负盛名。

(66) 车站巧妙建：阿拉山口火车站建筑面积居全国9个国境站之冠。造型别致，匠心独运，俯视如“中”字，正面如“山”字，进出门厅则为“门”和“口”字，形象地显示出此为“中国西大门”。

(67) 海拔最高湖：赛里木湖海拔2073米，是新疆海拔最高、面积最大的高山湖泊。

(68) 每年那达慕：源于摔跤、射箭、赛马三项游戏，是蒙族人民的盛会，每年七、八月间举行。

(69) 天湖最深潭：喀纳斯湖最深处188.5米，是我国最深的湖泊。

(70) 国内经六省，境外六国穿：六省，即江苏、安徽、河南、陕西、甘肃和新疆；六国，即哈萨克斯坦、俄罗斯、白俄罗斯、波兰、德国和荷兰。

全国人大

使命

光荣使命责任大，
参政议政治国家。
江山相连代民言，
意见提案谋规划。
民众意愿实反映，
联系群众重调查。
立法监督担使命，
赤诚胸怀装天下。

责任

人民代表负重任，
全心全意赤子心。
为国为民忠实言，
建言献策务求真。
依法尽责行职权，
民族大业重千斤。
无私奉献当公仆，
牢记宗旨到终身。

立法

依法治国载宪法，
四化建设两手抓。
基本原则不动摇，
法律体系特色化。
加强立法求质量，
国情世态民意察。

长治久安有保障，
民族振兴强中华。

监督

监督机制须健全，
立法执法保实现。
人民利益放首位，
执法检查使命担。
勤政廉政严法制，
文明建设手不软。
汇报审议好制度，
权务制约体系建。

1999 年 5 月 1 日，于北京。

黑龙江

富饶黑龙江，历史远流长。

文明发祥地，开发后居上。

商周称肃慎，挹娄秦汉讲。

北魏叫勿吉，靺鞨源隋唐。

辽金改女真，清朝满索乡。 ①

日伪统治期，划分七省防。 ②

四九设两省，五四并龙江。 ③

四十九民族，共处融和祥。

南北文化通，性情更豪爽。

喜听二人转，秧歌火城乡。

版图似天鹅，祖国最北方。

十月河结冰，林海雪原乡。

冰期六个月，严寒冬漫长。

三千多万人，辽阔地域广。

边界六千里，与俄隔江望。

通欧东北亚，战略地位强。

自然风光美，四季别景象。

春天山花开，林涛百鸟唱。

盛夏无酷暑，湿润又凉爽。

金秋霜染叶，野果扑鼻香。

隆冬雪世界，山河披银装。

世界十大河，中国第三长。

北方母亲河，浩瀚黑龙江。

发源肯特山，④鞑靼入海洋。⑤

蜿蜒八千里，三国共分享。⑥

乘船江上游，如诗入画廊。

群山趣神奇，原始野秀旷。

沿江自然景，幽美媲漓江。

丰富江河水，半年船通航。

冬季封冻厚，江上驶车辆。

水陆两用线，四季航运忙。

渔业资源丰，鱼种上百样。

三花五罗鱼，大马哈鲟鳇。⑦

奇大鲜美嫩，佳肴国宴上。

北国名胜区，娇娆赛苏杭。

千里两岸美，丰饶松花江。

发源白头山，同江入龙江。⑧

无风水如镜，风起波浩荡。

轮船如穿梭，欢歌尽撒网。

田野高粱红，山岗豆花香。

航线五千二，运量盖两江。⑨

半年冰冻期，夏秋运输忙。

丰满水电站，东北早电网。

现代白山站，辽吉比不上。

冰雪风光游，北国奇景象。

雾凇人称绝，天然滑冰场。

冰城哈尔滨，濒临松花江。

东北一名城，珍珠垂鹅项。⑩

中国十大城，旖旎好风光。

五线交汇点，⑪机械工业强。

风雨九百年，历史刻沧桑。

建筑古今情，风格多式样。

春天丁香花，满城溢芬芳。

百里长堤秀，绿荫树成行。

剪式跨江桥，彩虹架江上。

连接太阳岛，南北变通畅。

中央步行街，秋林列巴尝。⑫

世界排第三，啤酒大销量。

国际冰雪节，宾客来四方。

倾城观冰灯，冰雕成赛场。

江上乘冰帆，凿冰冬游畅。

元宵滚冰节，人流似海洋。

夏日音乐会，⑬名家聚一堂。

一曲太阳岛，⑭明珠天下扬。

避暑好胜地，松江大浴场。

上京会宁府，金都仿汴梁。

铁骑过黄河，二帝成羔羊。⑮

五国头城禁，瘦死葬他乡。

历经八百年，白城遗残墙。

默默呼兰河，蜚声天下响。

《呼兰河传》书，萧红著文章。

齐齐哈尔市，达语是牧场。⑯

追溯六千年，满族生息乡。

卜奎设驿站，康熙建边疆。

闻名造机车，呼啸跑京广。

扎龙保护区，沼泽泛绿光。

鸟种二百三，丹顶鹤故乡。

客临观鹤节，喜听鹤高唱。

饶河生态美，蜜蜂之故乡。

天然椴树蜜，国际声誉响。

纵横广才岭，完达山脉长。

良种花奶牛，驰名销四方。

野生黄花菜，金秋遍地黄。

大小兴凯湖，景观气势磅。

接天莲叶碧，盛夏野荷香。

上京龙泉府，渤国都仿唐。⑰

疆域五千里，海东盛国强。⑱

历史二百年，黑水留史章。

迷人镜泊湖，地泉牡丹江。

高山堰塞湖，岚影耀霞光。

国内三大瀑，⑲吊水楼瀑壮。

镜湖金秋节，丰收硕果香。

地下奇森林，火山口内长。

十四火山锥，五大连池旁。

石海熔岩流，天工雕怪状。

神奇药泉山，圣水传四方。

连池饮水节，五泉客熙攘。⑳

世界三冷泉，㉑健体疗效强。

桃林原始林，国际狩猎场。

马鹿狍兔狐，野猪黑熊獐。

国家森林园，牡丹峰艳靓。

滑雪名胜地，青云滑雪场。

林都伊春市，红松之故乡。

著名森林城，林涛万顷浪。

绿色大宝库，动植各百样。

东方第一镇，乌苏看太阳。㉒

四千赫哲人，打鱼是特长。

长年水作伴，江岸扎故乡。

飞叉捕鱼绝，立冬下挂网。

待客刨花鱼，生拌鱼丝爽。

吊锅品烧烤，身穿鱼皮装。

好客淳憨厚，勇敢又善良。

漠河北极村，华夏最北疆。

零下五十八，冬季数最长。

黑夜天不黑，白昼奇景象。

世界绝少有，神奇北极光。

独特鄂伦春，原始古风尚。

渔猎少民族，强悍猛粗犷。

水边生息地，山林是家乡。

狩猎为生计，捕鱼抽空档。

野兽鲜鱼多，生活有保障。

结伴去围猎，福祸共担当。

桦丛仙人柱，^㉓ 奥伦简易房。^㉔

坚固木刻楞，^㉕ 桦皮风雨挡。

雪地挖深坑，四角立木桩。

顶上罩熊皮，雪屋暖洋洋。

饮食肉为主，衣着兽皮装。

狗拉雪爬犁，雪橇接新娘。

大小兴安岭，起伏挽臂膀。

雪原朔风吹，林海野茫茫。

一百五十天，积雪日最长。

河多水源足，沼泽分布广。

木材国之冠，车船运八方。

皑皑白雪下，处处是宝藏。

林中产三宝，国际有市场。

参藏甲天下，貂皮价贵昂。

山珍名药材，野生满山岗。

名贵动物皮，神州独一方。

国宝东北虎，世界虎中王。

珍禽种类全，稀异动物广。

广袤大兴安，地下多宝藏。

国家产金地，黑河黄金乡。

万国商埠城，边贸客熙攘。

森林千万亩，人均难比上。

天然大草原，基地商品粮。

加格达奇区，大兴安中央。

英雄铁道兵，修路通北疆。

木材运出山，漫野遍林场。

新兴林业城，多种经济上。

养鹿深加工，药材价格昂。

北奇神茶叶，礼品客珍藏。

山中边防路，坚固木头房。

绵延小兴安，动物好天堂。

自然保护区，松林茂茁壮。

沃野两平原，松嫩与三江。

肥沃黑土地，曾叫北大荒。

春麦数第一，甜菜高产量。

大豆成骄子，出口排头榜。

世界北方稻，长在黑龙江。

通河雪光米，㉖国际获银奖。

国家米粮川，战备有保障。

欲进大兴安，驱车过嫩江。

农场数不清，牛羊肥又壮。

耕作机械化，军垦大农场。

全国第二位，多宝山铜矿。

东北大平原，石油丰储藏。

改变贫油国，大庆中外扬。

产量国之半，四十创辉煌。㉗

现代石化城，二次创业广。

三江大平原，㉘祖国北大仓。

当年无人烟，原始透荒凉。

草原处女地，种粮好土壤。

一九五六年，官兵转战场。

十万垦荒人，奔赴北大荒。

排干沼泽地，草甸搭蓬帐。

挥镰割茅草，抡棍驱野狼。

荒原扎下根，三江成家乡。

奋斗四十年，建成米粮仓。

青春献祖国，业绩谱华章。

新兴工业城，佳市正兴旺。㉙

国际大通道，交通枢纽网。

煤城早崛起，双七鸡鹤岗。㉚

亚洲数第一，云山石墨矿。

龙江工业城，秀丽牡丹江。

粮菜副食品，畜牧渔业旺。

全国占四位，桦林橡胶厂。

木工机械业，钢纸国内强。

群英荟萃地，血洒牡丹江。

勤劳龙江人，热爱美家乡。

爱国好传统，军民保边疆。

民族解放史，英勇烈悲壮。

一六四四年，沙俄犯边疆。

康熙派大军，两战绩辉煌。

《尼布楚条约》，俄服国威扬。

一六八三年，清军驻龙江。

边外七重镇，要塞布军防。

依兰靖边营，㉛ 抗俄三胜仗。

墨尔根古城，㉜ 设立省衙堂。

龙江前版图，疆土地域广。

鄂霍次克海，北面是海防。

东北库页岛，隔海为领疆。

国界外兴安，内河黑龙江。

一八五八年，晚清近夕阳。

沙俄趁打劫，再现狼本相。

调兵十七万，进攻我边防。

制造两惨案，㉝鲜血染龙江。

瑷珲历史城，大火焚烧光。

军民齐奋起，浴血把俄抗。

百人勇战死，寿山愤自戕。㉞

武力相威逼，奕山拱手让。㉟

龙江变界河，百万国土丧。㊱

清朝败无能，举国共悲伤。

外兴安岭美，祖国失宝藏。

金银铜铁锡，石油大矿藏。

储量世界前，饮恨装俄囊。

最大库页岛，隔海别相望。

丧失入海口，鞑靼割他乡。

国耻当之最，历史永难忘。

一九三一年，日军炸沈阳。

警世九·一八，东北遭沦丧。

奉军二十万，蒋令不抵抗。

日建满洲国，人民惨遭殃。

臭名七三一，残暴丧天良。

三千中国人，惨死实验场。

《松花江上》歌，悲愤传街巷。

东北抗联军，率民把日抗。

不甘做奴隶，投奔共产党。

爱国众同胞，勇敢拿起枪。

白山黑水间，林海打豺狼。

抗战十四年，军民拼疆场。

浩气永长存，英烈铸史榜。

赶走日本鬼，又来国民党。

东北富庶地，蒋匪早妄想。

调集百万兵，与我大较量。

领袖毛泽东，及时遣兵将。

辽沈大战役，消灭蒋匪帮。

残敌逃深山，土匪更猖狂。

雪原剿顽敌，人民得解放。

六十年代末，反华起恶浪。

龙江难平静，苏军压边疆。

欲逞俄霸气，挥舞核大棒。

一九六九年，苏军越界江。

虎林珍宝岛，敌我见刀枪。

粉碎乌龟壳，寸土不能让。

铮骨中国人，扬眉挺胸膛。

东北出人杰，来自共产党。

靖宇赵尚志，抗日民敬仰。

女杰赵一曼，宁死不投降。

名将李兆麟，抗日英烈壮。

巾帼群英雄，八女勇投江。

虎胆杨子荣，匪巢擒贼王。

英雄感后人，时代谱新章。

军民铁长城，斗风战恶浪。

一九五七年，冰城暴雨降。

大小水库满，洪泛松花江。

为保哈尔滨，军民筑堤防。

奋战二十三，大坝固金汤。

防洪纪念塔，丰碑铸勋章。

一九八七年，漠塔起火光。㊲

烈焰吞森林，惊动党中央。

军民五万八，急速赴火场。

塔河保卫战，森警官兵上。

东西两战区，^㊳调来天兵将。

二十八昼夜，火魔终被降。

全国齐支援，灾民不会忘。

恢复建家园，两年搬新房。

耕耘十二年，焦土披绿装。

天保大工程，再造绿海洋。

一九九八年，洪魔闹两江。^㊴

英雄子弟兵，奋不顾身挡。

死保齐哈佳，大庆要正常。

为了龙江人，官兵立军状。

人在大堤在，死守加严防。

中央领导人，亲自到坝上。

抗洪牵民众，爱心献两江。

百年大洪水，今日难猖狂。

钢铁长城在，人民安无恙。

巍巍兴安岭，滔滔黑龙江。

英雄不胜数，千秋载史章。

改革大发展，开放新气象。

繁荣边贸岸，引资广招商。

产品突特色，出口外汇创。

抓住大机遇，科技做文章。

利用好资源，人民奔小康。

神奇黑土地，发展前景广。

放眼新世纪，明朝更辉煌。

龙江赛天鹅，展翅高飞翔。

1999年7月28日，于黑龙江省哈尔滨市。

---

① 清朝满索乡：满，指满族；索，指索伦（达斡尔、鄂伦春、鄂温克的统称）。

② 划分七省防：日伪统治期间，曾设龙江省、三江省、滨江省、黑河省、牡丹江省、北安省、东安省。

③ 四九设两省，五四并龙江：指1949年以后设黑龙江省和松江省；1954年两省合并为黑龙江省。

④ 发源肯特山：肯特山，位于蒙古国北部。

⑤ 鞑靼入海洋：鞑靼，指鄂霍次克海和日本海之间的鞑靼海峡。

⑥ 三国共分享：指中国、俄罗斯、蒙古国。

⑦ 三花五罗鱼，大马哈鲟鳇：均为鱼品种。三花，即鳌花、鳊花、鲒花 3 种黑龙江淡水名贵鱼；五罗，即雅罗、哲罗、法罗、同罗、胡罗 5 种黑龙江淡水名贵鱼；大马哈，即大马哈鱼；鲟，即鲟鱼；鳇，即大鳇鱼。

⑧ 同江入龙江：龙江，指黑龙江。

⑨ 两江：指黑龙江和乌苏里江。

⑩ 珍珠垂鹅项：黑龙江省的版图形似天鹅，哈尔滨有"天鹅项下珍珠城"之美称。

⑪ 五线交汇点：指哈尔滨到北京、满洲里、绥芬河、黑河、海拉尔的 5 条铁路在此汇集。

⑫ 秋林列巴尝：秋林列巴，秋林公司食品厂生产的列巴，即大面包。

⑬ 夏日音乐会：即"哈尔滨之夏音乐会"，是中国三大音乐盛会之一。

⑭ 一曲太阳岛：指流行于七十年代末的歌曲《太阳岛上》。

⑮ 二帝成羔羊：二帝，指宋徽宗、宋钦宗。

⑯ 达语是牧场：达语，即达斡尔语。

⑰ 渤国都仿唐：渤国，指渤海国。公元689年，靺鞨族粟末部首领大祚荣初建"震国"，公元713年，受唐朝册封，改称"渤海"。

⑱ 海东盛国强：渤海国强盛时，东到日本海，北至黑龙江以北，南达辽东半岛，所辖疆域5000余里。

⑲ 国内三大瀑：即贵州黄果树瀑布、陕西宜川和山西吉县之间的黄河壶口瀑布、黑龙江省宁安县牡丹江吊水楼瀑布。

⑳ 五泉客熙攘：五泉，指药泉山上的南饮泉、北饮泉、翻花泉、龙眼泉、南洗泉。

㉑ 世界三冷泉：指中国的五大连池，法国的维西，格鲁吉亚的高加索。

㉒ 乌苏看太阳：乌苏，指乌苏镇。位于黑龙江与乌苏里江汇合处的小岛上，是中国疆域的最东端，是国人早晨最早（北京时间2点钟）看到太阳升起的地方。

㉓ 桦丛仙人柱：鄂伦春人在深山老林中用木杆搭架而成的圆锥形住屋。

㉔ 奥伦简易房：即鄂伦春人用木板搭盖的

简易仓房。

㉕　坚固木刻楞：即鄂伦春人用木头加工堆垛起来，用木板搭成房盖、安上门窗，缝隙用泥封严的住房。

㉖　通河雪光米：指通河县产的"雪光"牌大米。在国际评比中曾荣获第二名。

㉗　四十创辉煌：1959 年 9 月 29 日，松辽石油勘探局为向国庆十周年献礼，在今大庆市大同区高台子乡东胜村东部的松基三号井钻出了原油。

㉘　三江大平原：指由黑龙江、松花江和乌苏里江冲积而成的平原。

㉙　佳市正兴旺：即佳木斯市。

㉚　双七鸡鹤岗：即双鸭山市、七台河市、鸡西市、鹤岗市。

㉛　依兰靖边营：位于今黑龙江省依兰县城东 15 公里的松花江南岸，是清代光绪年间，中国人民抗击沙俄入侵的江防军事要塞。

㉜　墨尔根古城：位于今黑龙江省西北部的嫩江上游，即是现在的嫩江县城。1690 年黑龙江将军衙门从新瑷珲城（今黑河市瑷珲

镇）迁至墨尔根城。1699 年移驻齐齐哈尔城。

㉝ 制造两惨案：1900 年沙俄在我国瑷珲地区制造了震惊世界的"海兰泡惨案"和"江东六十四屯惨案"。

㉞ 寿山愤自戕：1900 年黑龙江将军寿山率官兵抗俄失败，自杀殉国。

㉟ 奕山拱手让：奕山，清末满洲镶蓝旗人。道光帝侄。1858 年在黑龙江将军任内，屈服于沙俄军事压力，被迫签订《中俄瑷珲条约》。

㊱ 百万国土丧：依《中俄瑷珲条约》，沙俄割占我黑龙江以北 60 多万平方公里土地。1860 年签订的《中俄北京条约》，又割占了我国乌苏里江以东 40 万多平方公里土地。

㊲ 漠塔起火光：漠塔，即漠河县和塔河县。

㊳ 东西两战区：黑龙江省扑火前线总指挥部根据现场形势，决定以塔河县和漠河县为界，分为东西两大战区。

㊴ 洪魔闹两江：两江，指嫩江和松花江。

国旗

1949 年 9 月 27 日，中国人民政治协商会议第一次全体会议通过了五星红旗图案即国旗。毛泽东主席亲手升起的第一面国旗，珍藏在中国革命博物馆。

十月的天安门广场
鲜花锦簇
彩旗飘扬
来自四面八方的人们
汇聚成欢乐的海洋
企盼着中华民族
一个伟大的历史时刻
1949 年 10 月

1 日下午 3 时
中华人民共和国的
开国大典隆重开始
雄伟的《义勇军进行曲》
奏响在新中国的大地
毛泽东主席亲手升起
第一面鲜艳的五星红旗
——中华人民共和国国旗
广场上三十万军民热望着她
大进军的指战员们热望着她
四万万七千万
中华各族儿女热望着她
全世界革命人民遥望着她
此时此刻
所有的眼睛都满含热泪
所有的心儿都充满敬意
所有的热血都在沸腾
所有的声音都在歌唱
起来

不愿做奴隶的人们

把我们的血肉

筑起新的长城

在这庄严的旋律中

我仿佛听到

无数仁人志士

一声声高昂雄壮的呐喊

我仿佛看到无数革命先烈

一次次冲锋永不回头的壮举

感天动地传唱千古

豪情满怀飞舞展翼

从此伟大的中华人民共和国

屹立东方

中国人民站起来了

一个洪亮的声音响彻全世界

彻底撕碎了黑暗与压迫

昂然托起一轮崭新的太阳

人民当家做主人

不再是奴隶

五星红旗

象征着中国共产党领导下的

中国各族人民的大团结

红色代表革命

黄色代表光明

这是一面独立的旗

这是一面解放的旗

这是一面团结奋斗的旗

这是一面勇往直前的旗

这是一面充满生机活力的旗

鲜艳的五星红旗

浸透着革命先烈的血液

倾诉着赤诚心灵的告白

注释着辉煌生命的宣言

体现着劳动人民的追求

指引着社会前进的方向

五星红旗的升起

是中华民族新生的标志

是中华民族尊严的化身

五星红旗的每一次升腾

总是拨动着爱国的心弦

洗礼着民族的尊严

火红的国旗

如太阳一样灿烂

红霞满天山河壮丽

光芒四射照耀大地

国旗啊国旗

祖国母亲的旗帜

激动着颗颗中国心

牵动着丝丝爱国情

不论在内地边关

还是异国他乡

见到你就像见到自己的亲娘

仰望你就会增添民族的自尊

国旗啊

来之不易的国旗

多少国耻谁能忘记

虎门那轰塌的炮台

圆明园的残垣断壁

那"华人与狗不得入内"的牌子

那"九·一八"事变

那"南京大屠杀"

历史的惨痛

中华民族的屈辱

震撼心扉

珍爱国旗保卫国旗

热爱中华扬我国威

让祖国江山的红色永不褪

国旗飘飘

让我们透过历史的烟云

听三元里人民抗英的怒吼

听孙中山"振兴中华"的强音

听鲁迅"我以我血荐轩辕"的呐喊

看那爱国烈焰的燃烧

看五四运动席卷全国

看红旗插上井冈山

看大刀向鬼子的头上砍去

看百万雄师突破天险

漫漫建国路

坎坷又艰难

令人深思发人深省

从太平天国义和团

到戊戌变法辛亥革命

只有共产党才能救中国

选择社会主义

是历史的必然

五星红旗

在风雨中岿然不动

中华大地

是厚重的基座

十二亿人民

是高擎的旗手

亿万束目光

崇敬神圣的尊严

亿万颗心灵

凝成坚不可摧的信念

建国五十年

道路不平坦

社会主义在探索中前进

在曲折中发展

大浪淘沙

沧桑巨变

继往开来谱写新篇

令世界惊奇感叹

越过希望的田野

奔向高新科技

把胜利的航程指引

五星红旗

高高举起

伟大的祖国繁荣富强

中国人民扬眉吐气

我们治理黄河长江

我们歌颂蓝天大地

穿过燃烧的岁月

踏过坎坷的道路

走向胜利

走向未来

走向辉煌

我们的国家巍然屹立

我们的民族顶天立地

我们的人民英勇不屈

世界的上空

永远飘扬着鲜艳的五星红旗

1999 年 10 月 1 日，于北京。

重庆六首

一

巴国文化三千年，
古称江州国都建。
向南市界接贵州，
四川盆地东边缘。
长江上游大港口，
三面环水三面山。
滚滚嘉陵北方来，
滔滔长江自西南。

二

山岭相间峰绵延，
两江将城分三片。①
三条铁路交汇处，②
水陆空运枢纽线。
近代工业大城市，
重庆开埠上百年。
世界列强争要地，
耀武扬威进军舰。

三

沧桑历史活剧演，
千年山城经磨难。
闻名合川钓鱼城，
挫败元军帝折鞭。
抗战重庆遭空袭，
日寇轰炸罪滔天。

红岩先烈感九州，
英雄事迹代代传。

四

日寇侵华渝名显，
两党合作为抗战。
龙潭八载红岩村，
虎穴九年周公馆。③
英明领袖赴江洲，
重庆谈判天下传。
蒋匪败逃离山城，
刘邓大军卷西南。

五

山城夜景亮璀灿，
万家灯火繁星闪。
大桥巨龙跨南北，

两江玉带曲蜿蜒。

隆冬浓雾锁大江，

盛夏火炉赤日炎。

人民解放纪念碑，

重庆标志中心建。

六

渝州机遇迎千年，④

直辖城市中央管。

聚居三十六民族，

勤劳人民三千万。

历史文化旅游城，

山城火锅麻辣鲜。

巴山蜀水迎宾客，

重庆明天更灿烂。

1999 年 11 月 17 日，于重庆市。

① 两江将城分三片：两江，指嘉陵江和长江；三片，即西、北、南三片。

② 三条铁路交汇处：三条铁路，即川黔、成渝、襄渝三条铁路干线。

③ 虎穴九年周公馆：周公馆，指曾家岩50号。这里曾是中共中央南方局租用的办公处。1938年底至1947年初，周恩来、董必武等常在这里办公和住宿，人称"周公馆"。

④ 渝州机遇迎千年：渝州，隋朝重庆称"渝州"，重庆简称"渝"。

梵净山三首

一

武陵主峰梵净山，
景色瑰丽峰峻险。
原始野秀郁葱茏，
千种动植寥珍罕。
方圆三县八百里，①
完整生态成奇观。
国家自然保护区，
列入世界生物圈。

二

深谷轰鸣飞瀑悬，
登高石阶逾八千。
九条山脉绵千里，
三大主峰入云端。②
金刀劈开山顶峡，
怪石突兀蘑菇岩。
烟气缭绕紫雾生，
云开日出霞光灿。

三

苍茫无际奇绝险，
武陵玉柱傲云端。
九十九溪十河流，
万亩杜鹃赤霞燃。
沅乌两江分水岭，
黔境堪称第一山。

自然风光引游客，

绿色宝库泽万年。

1999年11月24日，于贵州省江口县梵净山。

————————————

①　方圆三县八百里：即江口、印江、松桃三县。

②　三大主峰入云端：三大主峰，即老金顶、

凤凰山、新金顶。

仡佬族三首

一

土著民族开发黔，
先祖僚人是渊源。
狩猎逐渐转农业，
贵州定居两千年。
明代仡佬遭追杀，
流离失所躲深山。
文化经济较落后，
地处偏僻居分散。

二

依山建房分三间，
堂屋迎客供祖先。
左右卧室作厨房，
土砖茅屋解放前。
如今建筑砖瓦房，
路边富家起楼轩。
长期各族相杂居，
习俗分开难截然。

三

仡佬古葬独特点，
乌江绝崖有悬棺。
岩穴位置尚高峻，
棺枢倒置土不掩。
传统风尚独一格，
民歌丰富筐箩满。

每年除夕供粑节，
敬祖对唱迎丰年。

1999 年 11 月 24 日，于贵州省思南县。

侗族五首

一

侗族文明史古老，
华夏率先种水稻。
建筑纺织技艺精，
多才多艺智勤劳。
龙箫凤笛天下绝，
织锦刺绣海外销。
独立语言有特色，
侗族大歌成瑰宝。①

二

奇特园林好风光，
山水秀丽侗家乡。
干栏杉木吊脚楼，
围绕鼓楼建民房。
三层侗楼廊檐搂，
四周环寨挖鱼塘。
村边多蓄风水林，②
石板卵石墁路上。

三

侗家建筑三珍宝，
鼓楼吊脚楼花桥。③
宝塔伞顶六八面，
穿插扣合无钉铆。
层次奇数葫芦顶，
楼阁置鼓集会召。

鼓楼坪上踩歌堂，
喜庆节日聚欢闹。

四

誉称国粹风雨桥，
溪流飞架美妖娆。
石墩木桥宽长廊，
桥廊亭连建精巧。
鼓楼花桥相映衬，
浓郁侗情独景貌。
侗寨门楼有特点，
鼓楼文化积淀早。

五

侗家好客喜饮酒，
以此为礼醉方休。
礼尚往来送侗粑，

红白事吃串串肉。

餐不离酸喝油茶，

珍品糯谷家家有。

赶歌坪上歌海洋，

斗牛场外震天吼。

1999 年 11 月 26 日，于贵州省玉屏侗族
自治县。

---

① 侗族大歌成瑰宝：侗族民歌的一种，为
中国民间支声复调音乐的一种形式，主要旋
律在低声并派生出高声部，男声大歌气势豪
迈有力，女声大歌优美明快动听。大歌种类
很多，侗族大歌具有很高的艺术价值，曾唱
响西方世界。
② 村边多蓄风水林：风水林，即古木。
③ 鼓楼吊脚楼花桥：花桥，即风雨桥。

苗族

新生

苗族历史五千年，
蚩尤后裔八百万。
黔滇湘地繁衍后，
秦汉南迁自中原。
封建王朝遭蹂躏，
饱受欺辱躲深山。
四九解放见太阳，
苗家山寨喜欢颜。

居住

背山面水林隐寨，
鳞次栉比坡上排。
干栏木制吊脚楼，
上下三层好气派。
房屋外廊美人靠，①
大门连楹牛角摆。
堂屋敬祖迎宾客，
丰收果实屋檐晒。

服饰

男人长衣缠头帕，
丈余青布裹腿扎。
女子长发盘巴髻，
精美银簪青丝插。
衣领袖口镶花边，
大襟右衽衣绣花。

华丽银饰几十种，

珠光宝气身披挂。

迎客

苗家万事不离酒，

热情豪爽挽客留。

芦笙飞歌鞭炮响，

盛装少女迎寨口。

拦路酒设十二道，②

竹杆关卡吃腊肉。

远道宾客门前过，

一道门槛一碗酒。

歌舞

铜鼓坪上人鼎沸，③

芦笙歌舞游人醉。

铜鼓声声震山寨，

歌声阵阵彩云飞。
刀山火海惊游客，
苗族后生显神威。
客入人流踩铜鼓，^④
层次分明排长队。

过节

苗族节日月月排，
芦笙会上对歌来。
正月十五龙灯会，
二月初二闹山寨。
五月初五赶跳花，
吃新米节兴高彩。
十月岁首过苗年，
姊妹饭节姑娘爱。

1999 年 11 月 26 日，于贵州省凯里市。

① 房屋外廊美人靠：美人靠，苗话叫"豆安息"，是妇女梳妆打扮、家人休息纳凉的地方。

② 拦路酒设十二道：苗族迎接客人的一种方式。以"阻拦"客人进寨的特殊方式隆重迎接客人。拦路酒少则三五道，多至十二道，最后一道设在寨门。

③ 铜鼓坪上人鼎沸：踩铜鼓的地方称"铜鼓坪"，苗岭山区，一般每个寨子都有一个铜鼓坪。

④ 客入人流踩铜鼓：踩铜鼓，逢年过节，村民穿着节日盛装，男女老少围成圆圈，踩着鼓声的节拍，跳起一种古老的集体舞蹈，人们叫做"踩铜鼓"。

土家族五首

一

武陵山脉地广大，
居住勤劳毕兹卡。①
古代巴人传后裔，
狩猎渔牧黔安家。
历代王朝受歧视，
隐姓埋名深山扎。
祖国解放获新生，
中华民族一奇葩。

二

依山建房面朝阳，
同姓同宗聚一方。
传统姓氏作寨名，
山坡沟壑溪涧旁。
过去官家坪盖楼，
平民木叉搭架房。
如今建筑多样化，
现代山寨变模样。

三

忠厚好客实大方，
丰盛筵席迎客忙。
生活俭朴勤耕作，
节衣缩食爱惜粮。
春节准备熏腊肉，
土家喜喝油茶汤。

多种经营勤致富，
幸福生活年年长。

四

土家服饰独式样，
自织土布做衣裳。
男人左衽长袍穿，
七尺白帕裹头上。
妇女挽髻束网套，
左衽短装滚边镶。
白布裤腰大裤脚，
金银装饰闪祥光。

五

土家民间摆手舞，
通宵达旦不停步。
隆重祭祀狂欢节，

摆手堂坝响锣鼓。

手工刺绣编织美，

土被花面世称著。

口头文学源流长，

民间艺术亮明珠。

1999 年 11 月 24 日，于贵州省思南县。

———————————————

① 居住勤劳毕兹卡：毕兹卡，土家人自称
"毕兹卡"（即本地人）。

布依族三首

一

布依形成西南方，
百越后裔远流长。
语言文字古文化，
民间工艺新篇章。
蜡染织锦美刺绣，
竹编陶瓷销四方。
稻作文化千年传，
从事农耕四季忙。

二

溪流两岸田坎旁，
茂密山林石板房。
依山傍水建村寨，
翠竹芭蕉映白墙。
布依特色石头寨，
同姓聚族居一方。
欢乐芦笙狮子舞，
四弦胡琴伴歌唱。

三

色彩斑斓花米饭，
儿童节日挂彩蛋。
木叶传情歌为媒，
竹排对歌三月三。
绣工精细花背兜，
提兜花鞋绣美观。

浓郁风情布依寨，

改革开放观念变。

1999 年 11 月 29 日，于贵州省镇宁县黄
果树镇石头寨。

藏族六首

一

历史悠久文化灿，
语言文字丰遗产。
独特文化风情浓，
宗教色彩神秘罕。
能歌善舞粗豪放，
建筑风格蔚壮观。
绘画雕塑成就高，
优秀传统世代传。

二

雪域高原建家园，
自然风光壮美艳。
昔日地狱为奴隶，
今日幸福小康建。
翻身不忘解放军，
民族政策妇孺赞。
改革开放兴藏区，
农牧旅游大发展。

三

木制结构棒康房，^①
高大三层亮宽敞。
室内装饰浓藏情，
雕梁画栋图吉祥。
楼层房屋明分工，
中层住人有火塘。

肉油佳品挂梁柱，
半顶平台作晒场。

四

高原气候多变幻，
藏袍实用御风寒。
腰肥襟大右衽斜，
长袖短褂袒右肩。
妇女装饰挂满身，
围裙系腰长裙穿。
藏帽种类花样多，
松巴鞋帮色斑斓。

五

藏族同胞重情谊，
热情好客讲礼仪。
迎送宾客献哈达，

青稞酒尝征尘洗。

久别亲朋相重逢，

拉手贴额示亲意。

熟人生客诚接待，

围坐火塘家常叙。

六

盛大节日藏历年，②

家家扫除面貌变。

八吉祥徽撒灶房，③

张贴年画换卡垫。

除夕守岁抢金水，④

初一酒汤味美鲜。⑤

扎西德勒相问候，⑥

互赠哈达表祝愿。

1999 年 12 月 7 日，于四川省九寨沟。

① 木制结构棒康房：即以泥石筑成屋基，四面以大圆木垒砌穿斗为壁，小圆木铺顶，上敷泥土的房子。

② 盛大节日藏历年：藏历，藏族人民的传统历法，基本上与今夏历相同。平年12个月，全年554天，闰年15个月，全年584天。

③ 八吉祥徽撒灶房：在灶房正中墙上，用干面粉撒上"八吉祥徽"。

④ 除夕守岁抢金水：藏历正月初一天不亮，妇女们赶到河边（或泉边）去背水，谓之争水。第一名"抢"到的水，称之"头水"，人们视为"金水""吉祥水"。藏胞认为此水格外清新、圣洁，喝了此水可以祛病延年。

⑤ 初一酒汤味美鲜：酒汤，由青稞酒、糌粑、酥油、奶渣混合而成，初一早饭前喝。

⑥ 扎西德勒相问候：扎西德勒，吉祥如意的意思。

羌族六首

一

羌族文明高原建，
炎黄子孙溯根源。
夏朝主要大部落，
中原西部古家园。
历代抗争遭镇压，
秦入岷江向南迁。
南山峡谷觅生路，
岷江上游把家安。

二

建筑绝技世罕见，
碉楼索桥人赞叹。
四六八角高碉楼，
十三四层建高山。
吊线绘图都不用，
全凭目测信手建。
石头片块粘砌成，
坚固耐久数百年。

三

房屋平面方形观，
高山半坡依势建。
河中卵石粘四壁，
水路畅通保安全。
底层牲舍放杂物，
中间居人火塘燃。

上层贮粮存冬菜，
屋顶晒粮抹平坦。

四

岷江湍急峡谷险，
羌人建桥一奇观。
两岸凿石鼻拴绳，
溜索渡河快方便。
索桥建筑独特色，
世界文明一贡献。
峭壁绝壁古栈道，
抵御入侵外界连。

五

羌人喜九崇尚白，
古老信仰白石拜。
正月初一拿进屋，

串亲送石财神来。
羌笛唐代广流行,
悠扬婉转传千载。
喜怒哀乐皆唱歌,
跳起锅庄乐开怀。

六

勤劳善良淳勇敢,
恶劣环境经磨练。
掘井石砌技术高,
妇女挑花艺精湛。
艳丽服装独风情,
青年汉化难分辨。
红军长征过羌区,
人民当家建政权。

1999 年 12 月 7 日,于四川省茂县。

蜀南竹海五首

一

竹海浩荡碧波翻，
五百群峰层林染。
曲径通幽清风爽，
悬瀑飞溅出山涧。
薄雾缭绕似玉带，
霞光万道如金练。
挺拔坚韧高品质，
君子化身世称赞。

二

八大景区百处景，
泉溪湖瀑映竹影。
林海形成两千年，
改革开放成名胜。
岩险洞古景象奇，
竹翠水碧谷幽静。
峭壁遗留古栈道，
千尺飞瀑溢彩虹。

三

空中缆车云中滑，
万顷竹海涌脚下。
碧涛起伏甚壮观，
葱郁连绵绿无涯。
蜀南风采竹世界，
田园美景宾客沓。

楠竹全身尽是宝，
造福人类竹文化。

四

浩瀚楠竹天下奇，
苍翠欲滴润四季。
茂林深处鸟声欢，
溪边石径游人语。
国家名胜四十佳，
蜀南竹海九州誉。
竹笋之乡奔小康，
旅游兴旺振经济。

五

五十春秋别江安，
重游蜀南忆当年。
不闻剿匪喊杀声，

难觅战场燃烽烟。
青峰寺树烈士碑，
战友英魂驻川南。
昔日怨竹藏顽匪，
今朝竹海变奇观。

1999 年 12 月 11 日，于四川省宜宾市蜀
南竹海。

百村调查九首

一

人民代表责任大，
反映民情兴国家。
两年走访百余村，
东西南北足迹踏。
长途跋涉增知识，
劳苦体神学无涯。
真诚谦逊知民意，
进村到田细体察。

二

农民生活心牵挂，
走访万里到农家。
深山老林探猎户，
海滨渔村家常拉。
翻山越岭进苗区，
高原藏民吐真话。
民情族俗各不同，
地域发展差别大。

三

农村建设五十年，
新旧社会两重天。
富民政策得人心，
小康建设前景宽。
家庭承包责任制，
长期稳定农民欢。

积累投入在增长，
基础设施趋完善。

四

实现小康民心愿，
农村组织最关键。
选好致富领路人，
甘为村民作奉献。
公正无私实廉洁，
执行政策是模范。
竭力为民办实事，
团结凝聚堡垒坚。

五

依靠科技农业兴，
联系实际显神通。
加快农业产业化，

优化结构效益增。
推广科学实验田，
形成规模深加工。
依托农业办工业，
两高一优好前景。

六

乡村企业凝重拳，
农民致富地位显。
吸纳剩余劳动力，
集体经济大发展。
人才科技上档次，
闯关创优不怕难。
镇企结合增效益，
发挥优势重特点。

七

富裕小康任重远，
社会进步促全面。
基础建设须加强，
公益事业待改观。
正确消费重引导，
移风易俗村貌变。
物质精神两富有，
致富思进不忘源。

八

社会主义新农村，
中国特色大方针。
小康建设步步高，
宽裕富裕层次分。
共同致富金光道，
提高素质新农民。

三农普及科技兴，
乡村面貌日日新。

九

科技兴起大发展，
农民受益喜空前。
联产承包责任制，
种地掌握主动权。
乡镇企业迅崛起，
农产结构渐转变。
勤劳致富奔小康，
四化建设早实现。

1999 年 12 月 20 日，于北京市门头沟。

伟大的祖国

文明古国

华夏历史五千年，
炎黄子孙同根连。
丝绸之路连世界，
四大发明五洲传。
山河壮丽多豪杰，
爱国英雄古今赞。
五十六族一家亲，
千秋大业定实现。

新中国

近代百年多灾难，
中国历史血泪染。
人民救星共产党，
武装推倒三座山。
二十八年血与火，
埋葬蒋匪红旗展。
人民翻身做主人，
建设祖国保江山。

社会主义国家

祖国建设五十年，
民生大地换新颜。
改革开放春潮起，
中国特色小康建。
两个文明一齐抓，
众筑长城防演变。

崭新世纪绘蓝图，
民主富强国家安。

2000 年 1 月 1 日，于北京。

黄河

自然地理

黄河万里远，上下百万年。

古称大河名，《水经注》记栏。

汉书称黄河，因水黄名诞。

尊为百川首，四渎之宗先。①

世界第五河，亚洲二位占。

东西贯九州，南北纳百川。

流经九省区，②注入渤海湾。

地势三阶梯，西高东低缓。

青海河源头，海拔均四千。

太行二阶梯，三原千米线。③

三阶到东海，不过百米关。

走势大几字，九曲十八弯。
小支有上百，大支十河源。④
纳入千条溪，冲刷万沟涧。
黄河流域广，面积八十万。
南流到秦岭，北界至阴山。
东临濒渤海，西边止巴颜。⑤
东西三千八，南北里两千。
四季有汛期，桃伏秋凌变。⑥
北部雨水少，南部雨连绵。
黄河溯源头，三种说法占。
约古宗列曲，有人称正源。
另说卡日曲，各姿各雅山。
玛曲有人证，实为多河源。
青海水故乡，中华水塔赞。
长黄分水岭，巴颜喀拉山。
南侧长江头，北面黄河源。
源区湖溪多，水丰草美艳。
水过星宿海，东流两湖连。
扎陵湖灰白，鄂陵湖蓝颜。

高原淡水湖，同是黄河源。

河水扎湖出，经鄂湖流远。

上中下三游，全程分三段。

上游六千九，河口至头源。

干流多弯曲，六个大转弯。

清水来源区，水多沙少含。

八十支流汇，落差米三千。

流经五省区，青甘宁蒙川。

黄河走青海，流程里四千。

东行五百四，玛多首经县。

湖盆丘陵谷，穿行巴阿间。⑦

松潘草地过，青川交界线。

岷山折西北，绕阿大转弯。

一百八十度，西北入群山。

白黑两河汇，到达玛曲县。

出川再入青，进入峡谷段。

最窄野狐峡，同德贵南间。

河宽十余米，峡仰一线天。

左梁右峭壁，野狐跳对岸。

龙峡至李峡，⑧电站建十三。

六大七中型，装机一千万。

黄河第一曲，绕过积石山。

一百八十度，奔流向东南。

民和出青境，蛇形大拐弯。

穿越积石峡，黄河流入甘。

盐锅峡中走，兰州宽谷坦。

两岸排丘陵，壁立黄土崖。

渡河羊皮筏，风车旋岸边。

支流洮水河，上游最大源。

刘峡入黄河，⑨全长一千三。

另一大支流，渭河贯秦川。

八百公里长，入黄在潼关。

三十六条河，甘境黄域蜿。

四座大中型，拦河水电站。

著名刘家峡，装机超百万。

小型五百多，电站遍河滩。

甘肃引黄史，始于西汉年。

汉武防匈奴，调遣人百万。

边境屯驻守，长城向西延。
周秦发祥地，中西交汇点。
河西大走廊，贸易中转站。
三国古战场，孔明出祁山。
清代大屯垦，良田七千万。
黑山峡谷出，入宁走平坦。
中卫中宁河，宽谷成平原。
宁夏文化古，人息三万年。
最早农垦区，秦朝引黄灌。
秦设北地郡，驻兵屯垦田。
宋代党项族，西夏王朝建。
疆域万余里，立近二百年。
元朝灭西夏，宁夏之名诞。
九边一重镇，明军牧发展。
清设宁夏府，引黄较完善。
渠长千公里，十三万顷田。
畜牧业兴旺，养羊地位显。
黄河富宁夏，塞上好江南。
中卫折向北，河沿贺兰山。

入蒙到临河，阴山挡黄前。
折头向东走，托克托急转。
沿吕奔南流，⑩绕成马蹄弯。
大弯似布套，河套由此诞。
面积两万五，河套富平原。
宁夏称西套，东套内蒙占。
河口至桃花，⑪中游里两千。
蜿蜒流三省，晋陕到河南。
落差八百米，黄河奔南延。
吕梁河岸东，河西是高原。⑫
陕晋隔波涛，天然分界线。
中流水变黄，河口潼关段。
浑浊多泥沙，来自黄高原。
众多支流汇，千沟万壑川。
十六亿吨土，年年下高原。
一百五十米，剥蚀十万年。
中域河流多，九河自发源。⑬
洪水三源区，⑭河口花园间。⑮
最长大峡谷，七百公里远。

河口到龙门，陕晋河两岸。

落差三百米，泥沙冲刷完。

奇景天桥峡，两岸临高山。

峡谷四十里，晋陕最险段。

河宽三十米，冬季冰桥现。

桥下涛声急，冰桥架两岸。

奔腾八百里，壶口下断岩。

中华第二瀑，雄壮美景观。

瀑宽五十米，雾腾彩虹现。

飞流十余丈，巨声三里远。

五色彩桥横，四季景变幻。

晋陕隔壶口，黄河最惊险。

瀑成黄象征，胜名天下传。

十里有巨石，分水孟门山。

鲤鱼跳龙门，峡谷最南端。

大禹凿峡口，险峭龙门山。

龙门古八景，⑯神话广流传。

洪峰揭河底，龙门潼关间。

鸡鸣闻三省，桃林塞潼关。⑰

陕晋豫要冲，军事要隘险。

关中东咽喉，战争最频繁。

甘宁蒙陕晋，五省马蹄弯。

潼关华山阻，折东豫西穿。

中条山中过，崤山峡谷间。

冲出三门陕，孟津入平原。

一千四百里，东西河南贯。

闻名三门峡，入神鬼门关。[18]

历来水要道，触礁船夫寒。

中流砥柱石，定波镇巨澜。

三门天险克，拦坝建电站。

孟津至小浪，[19]山地入平原。

低山丘陵地，河道逐渐宽。

新建小浪底，洪旱防千年。

下游一千五，郑到垦利县。[20]

落差九十米，泥沙游积满。

抬高成悬河，大堤护两岸。

上宽下窄状，孟县至邙山。

郑至入海口，堤坝一千三。

堤肩杨柳翠，堤顶宽平坦。

平地起山梁，水上长城赞。

灌区有人家，人口上百万。

防水建台房，世代耕河滩。

黄河最宽处，河南长垣县。

河宽四十里，一眼不到边。

最窄三百米，山东东阿县。

下游唯一湖，㉑梁山东平间。

古代湖上百，改道淤平坦。

黄河入海口，似把巨型扇。

河口拦门沙，小三角洲现。

黄水入碧海，泾渭成奇观。

年吨十二亿，河口土沉淀。

现代三角洲，利津为顶点。

泥沙沉海滨，宝贵土资源。

年均三公里，填海扩耕田。

历史文化

黄河先人诞，八十万年前。

蓝大丁河人，㉒生息续繁衍。

仰韶马家窑，大汶口龙山。

齐家古文化，黄河成长演。

伟大母亲河，文明耀灿烂。

哺育华夏人，民族之摇篮。

农业发源地，先民早耕田。

五谷起源黄，逐渐九州传。

桃杏李梅枣，黄河栽培先。

远古三部落，黄河中游占。

三皇与五帝，活动在河南。

颛顼居濮阳，帝喾偃师盘。

淮阳有伏羲，黄帝新郑诞。

舜帝占虞城，古代神话传。

炎黄帝古二帝，中华老祖先。

两族共联合，蚩尤族灭完。

陕甘晋地区，炎黄同续延。

华人一龙脉，寻根祭轩辕。

黄河早先民，直立天地间。

率先创文明，历史五千年。

仓颉造文字，历史书长卷。

嫘祖织丝锦，后人传美谈。

伶伦作乐律，妙曲在人间。

大挠定甲子，岐伯医书传。

农耕文明创，炎帝族率先。

神农尝百草，传说四千年。

夏代第一朝，登封国都建。

最早古阳城，㉓统治五百年。

商汤败夏桀，商国王朝诞。

华夏称中国，沿袭到今天。

郑州商都址，三千五百年。

世界三帝国，文明古灿烂。

商汤至殷纣，经历六百年。

牧野大较量，西周王朝建。

殷商到北宋，两千五百年。

中国政经文，发达中心点。

黄河流域区，围绕在中原。

战国有七雄，集中黄岸边。

七大古都中，四个沿黄建。

盘庚迁国都，安阳都城选。

传位十七代，两百七十年。

中华早文字，甲骨文渊源。

青铜司母戊，方鼎世罕见。

关中要塞地，西周建长安。

最长古国都，十三王朝建。

世界最大城，历时千余年。

八百秦川中，宝石光芒璨。

洛阳九朝都，先后上千年。

西周都迁洛，东周都城占。

九州腹地称，十省通衢扮。

牡丹唐三彩，闻名四海传。

开封名都城，七朝国都盘。

战国魏首府，大梁上百年。

鼎盛数北宋，东京人百万。

第一大都会，繁荣史空前。

《清明上河图》，汴河壮画卷。

大禹分九州，成功治水患。

三过家不入，居外十三年。

闻名郑国渠，秦国有远见。

绵延三百里，灌溉万顷田。

增强秦国力，统一作基奠。

战国始水运，汉唐舟楫繁。

江南连汉中，千帆下长安。

农民斗争史，发起黄河岸。

陈胜吴广起，赤铜黄两汉。㉔

隋末瓦岗军，唐代黄巢反。

明末李自成，大顺建西安。

黄河古文化，丰厚沉积淀。

英才荟萃地，哺育将儒贤。

孔孟齐鲁乡，儒教天下传。

齐国出武圣，《孙子兵法》演。

三国谋臣多，孔明鲁沂南。

章丘李清照。婉约词率先。

淄川蒲松龄，《聊斋》中外传。

临沂王羲之，书圣传千年。
老子诞鹿邑，道家老祖先。
唐代大诗圣，杜甫家巩县。
唐宋八大家，韩愈孟县诞。
汤阴出岳飞，民族英雄汉。
北宋杨家将，忠心保国赞。
解州关云长，武庙天下建。
中国史学父，韩城司马迁。
夏县司马光，倾心著《通鉴》。
西安有苏武，中华骨气坚。
牧羊十九载，汉节手紧攥。
第一探险家，西汉名张骞。
渭南白居易，千古留诗篇。
李广飞将军，匈奴闻胆寒。
名医皇甫谧，针灸大贡献。
蒙有铁木真，强盛惊世寰。
元帝忽必烈，纵横统江山。
沿黄多人杰，排名数不完。
历朝争霸业，黄河战事演。

五大古战场，激战河沿岸。

牧野周武王，胜纣夺江山。

晋襄公设伏，崤山秦军歼。

巨鹿决胜仗，项羽败章邯。

昆阳战王莽，刘秀创奇篇。

官渡大较量，袁绍败凄惨。

黄河五渡口，来往千百年。

孟津古渡处，武王会盟宣。

茅津渡要冲，晋豫通衢线。

芮城风陵渡，其毗连三县。

开封柳园口，设渡近千年。

刘邓过黄河，孙口强渡点。

北宋五名窑，四座黄河岸。

官钧汝定窑，㉕瓷器美精湛。

中国十石窟，沿黄六窟建。

云冈大石窟，冠于一世赞。

融合外艺术，承上启下篇。

世界珍宝库，气魄雄壮观。

龙门凿石窟，伊水河两岸。

造像十万尊，历时四百年。
艺术珍资料，飞天人惊叹。
塑造十朝代，天水麦积山。
泥塑艺术美，东方雕塑馆。
民族风格浓，悬崖峭壁建。
炳灵寺石窟，永靖积石山。
窟龛凿峭壁，濒临黄河岸。
法僧留遗迹，地位显非凡。
敦煌莫高窟，世界珍遗产。
后秦到清代，一千六百年。
内容最丰富，历史悠久远。
须弥山石窟，宁夏固原县。
完整二十窟，北朝始凿建。
重要遗存处，峰连六盘山。
回音两建筑，中游晋豫占。
永济莺莺塔，普救蟾声传。
三门峡市西，宝轮寺塔建。
俗称蛤蟆塔，回音蛙鸣辨。
阴山古岩画，刻留四千年。

美术文化宫，万幅画峭岩。

愚公移山处，济源王屋山。

应县古木塔，稳立上千年。

金明大地震，巍然磐石坚。

世界建筑史，应有一席占。

沿黄九省会，各有三景点。

西宁塔尔寺，三绝美名传。㉖

明代瞿昙寺，彩色壁画艳。

北魏北禅寺，宗教宁早建。

成都武侯祠，西晋建末年。

杜甫故草堂，浣花溪水畔。

唐代望江楼，锦江南岸边。

兰州大铁桥，黄河最早建。

白塔山景秀，五泉山水甜。

中国金字塔，西夏王陵赞。

小滚钟口景，争妍贺兰山。

银川海宝塔，建筑绝仅见。

呼市昭君墓，大黑河南岸。

旧城五塔寺，天文古图罕。

丰州藏经塔，辽建上千年。

悬瓮山脚下，晋祠三绝叹。㉗

明代双塔寺，太原标志观。

秀丽纯阳宫，错落四座院。

西安半坡村，母系社会现。

驰名大雁塔，标志代西安。

群峰四季秀，迷人终南山。

郑州花园口，闻名三八年。

黄河游览区，邙山黄河观。

嵩山少林寺，功夫五洲传。

济南大明湖，泉城明珠璨。

趵突泉闻名，天下第一泉。

四季引游客，名胜千佛山。

革命纪念地，七处沿黄占。

二七大罢工，双塔郑纪念。

革命名圣地，陕北好延安。

文水女英雄，千古刘胡兰。

八路军总部，旧址武乡县。

白求恩病室，五台旧址观。

繁峙灵丘界，著名平型关。

日寇侵中国，黄河保卫战。

凝聚民族魂，怒吼卷巨澜。

《黄河大合唱》，名曲辉煌篇。

流域八剧种，戏剧殿堂绚。

豫剧两流派，河南东西传。

流行十多省，名角响民间。

曲剧传豫鄂，曲艺是渊源。

蒲州诞晋剧，流行蒙冀陕。

晋中最盛行，戏剧晋摇篮。

川剧风格独，传唱云贵川。

变脸国瑰宝，艺术人惊叹。

北方三大剧，㉘陕西秦腔占。

高亢激越美，流派四路传。

山东梆子腔，秦腔入鲁诞。

高调梆子称，形成三百年。

吕剧登舞台，坐腔扬琴变。

百年已形成，流传苏豫皖。

环县皮影戏，陇剧之溯源。

借鉴秦腔剧，定名五八年。
历史古文化，辉煌永灿烂。

社会经济

黄河经济圈，历代地位显。
早期夏商周，农商黄起源。
多次迁都城，难离河两岸。
著名商业都，黄河历朝占。
东周洛阳城，魏国大梁建。
韩国阳翟府，临淄齐都选。
濮阳卫国都，商贾来往繁。
祖国聚宝盆，黄河丰资源。
上游水电丰，中游多煤炭。
下游储石油，基地三能源。
农林牧副渔，上游广草原。
皮毛盛产地，畜牧大发展。
农业经济区，中下游平原。
全国地位重，陕晋豫粮棉。

河口滨海区，毛虾对虾产。

收获水产品，渔民富海鲜。

水力富矿区，上游峡谷段。

龙峡至青峡，㉙水资占黄半。

上下落差大，易建水电站。

中游煤储丰，全国近半占。

蕴藏千亿吨，十一大煤田。

黄河黑三角，晋陕蒙相连。

两千八百亿，东胜好煤田。

黄河三角洲，油气前景宽。

石油探明量，国储三十占。

国家油支柱，四个大油田。

延长和长庆，胜利与中原。

沿黄矿藏多，品种一百三。

一半全国首，世界有领先。

兰州为中心，沿岸地区圈。

黄金大走廊，冶金谷矿全。

镍铂钯锇铱，神州储量冠。

铝钴伴生硫，国内排二占。

白银有色城，稀有化物全。

兰州青铜峡，郑州包头建。

四大炼铝厂，规模国之半。

著名黄金地，豫西灵宝县。

大中钢铁城，包头与太原。

兰西济呼临，㉚西宁石嘴山。

中小钢铁厂，沿黄建成串。

两座发射城，太原和酒泉。

主要产棉区，棉纺基地建。

太宝西郑济，㉛五城纱布先。

交通枢纽网，六大主干线。㉜

桥梁七十五，沟通黄两岸。

国内大盐湖，青海察尔汗。

南北八十里，东西三百三。

含盐六百亿，㉝世界都罕见。

钾盐一亿五，全球第二前。

食盐四百亿，中国吃万年。

青藏公路过，万丈盐桥罕。

三十二公里，盐路似白练。

史传三宗宝，各地独特产。

青海产蕨麻，发菜长草原。

闻名西宁毛，原料织毛毯。

天水雕漆美，兰州香水烟。

玉门石油早，开采三八年。

宁夏滩羊皮，高粱粒饱满。

甘草药中王，集中产四县。 ③④

内蒙羊皮袄，山药与莜面。

山西汾县枣，清徐葡萄甜。

味美永济柿，栽史上千年。

凤翔西凤酒，华阳草鞋软。

汉中产漆腊，陕西化工原。

怀庆中草药，信阳茗毛尖。

许昌烤烟优，名烟料来源。

脆甜莱阳梨，肥城桃大鲜。

乐陵金丝枣，栽传四百年。

特产有继承，又有新发展。

名优特产品，创新出不断。

经济快腾飞，各地待挖潜。

六十二名城，沿黄占十三。
重点旅游市，十个黄河岸。
太大呼济青，烟郑洛西兰。㉟
两个牡丹乡，鲁豫竞争妍。
荷泽与洛阳，姚黄魏紫艳。
名山有九座，屹立黄岸边。
西宁古赤岭，汉称日月山。
文成公主过，故事传千年。
昆仑山脉中，青甘积石山。
主峰六千米，山下黄河盘。
蒙语野骏马，险峻贺兰山。
银陕敖包高，森林丰矿产。
六重达山顶，山路曲折盘。
南北四百八，陕陇六盘山。
太行上千里，晋冀豫峰连。
东西交孔道，山中八陉险。
纵贯五盆地，㊱晋西吕梁山。
南北八百里，黄汾两河间。
五岳之龙首，西岳险华山。

五峰各奇景，^㊲道路崎岖险。

中岳嵩山秀，位于登封县。

名刹四海闻，七十二峰艳。

泰山势雄伟，山顶四奇观。^㊳

先秦早出名，文化历史显。

三岳黄流域，四季景万千。

秀丽八支流，构成黄景观。

湟清沁无汾，渭洛泾河缠。^㊴

峻险十名陕，上中游区间。

龙积刘盐八，桑红黑青三。^㊵

四大鸣沙区，^㊶两处河岸边。

宁夏沙坡头，内蒙响沙湾。

黄河似金带，旅游多资源。

淳朴黄河人，勤劳意志坚。

创造古文明，昂首奔明天。

欧亚大陆桥，东西沿黄穿。

经济协作区，^㊷全国最大片。

九省区挽手，经济共发展。

西部大开发，战略宏图现。

发展前景阔，投资热潮掀。

治理开发

清河绿高原，四千多年前。
到处是森林，葱茏绿野川。
河水清澈碧，花草香两岸。
黄河古战场，频繁燃烽烟。
王者争天下，逐鹿在中原。
沃野成荒凉，富庶变贫寒。
生态环境毁，人类遭劫难。
历代建国都，攀比造宫殿。
树木滥砍伐，植被破坏惨。
黄河成害河，中国之大患。
三大灾害频，^{�43}象征民苦难。
沿黄有六害，^{�44}造成血泪斑。
先秦到民国，两千五百年。
三年两决口，百年河道变。
下游常溢洪，一千五百遍。

中下游无湖，调节大缺欠。

人为大决口，民众心胆寒。

黄河作武器，以水代兵淹。

南宋金对峙，金扒黄河泛。

水淹李闯王，开封巡抚干。

洪水冲进城，死人卅四万。

蒋为阻日军，一九三八年。

炸开花园口，泛滥苏豫皖。

造成黄泛区，灭顶九十万。

流动黄土地，人民多灾难。

成立新中国，黄河面貌变。

领袖毛泽东，首巡到邙山。

黄河事办好，^㊺发令五二年。

成立黄委会，治黄统一管。

主任王化云，首任主官员。

投资六百亿，治理五十年。

效益上万亿，岁岁得安澜。

人民治黄河，始于四六年。

下游固主堤，一千公里远。

副堤四千里，蜿蜒广平原。
上中修水库，拦蓄建电站。
下流滞洪区，扭转灾局面。
水土保持法，坝库修数万。
引黄淤灌策，沙碱泥沙填。
植树大造林，荒漠变江南。
黄河船难行，下游宽浅乱。
三固槽滩道，航运大发展。
洪水多发期，七下八上间。⁴⁶
初春到深秋，河套山东段。
凌汛河结冰，流水冰阻断。
决堤成涝灾，两岸惶不安。
使用榴弹炮，飞机扔炸弹。
炸开封冻冰，黄河流畅欢。
南水北调势，四大水系连。⁴⁷
喝上黄河水，引水工程盼。
京津与青岛，水流城户边。
黄河在前进，现状存忧患。
沿黄区域人，一亿四千万。

耕地两亿亩，丰收靠水源。

五十多座城，黄河生命泉。

十六城缺水，形势不乐观。

淤塞河床高，悬河成隐患。

生态失平衡，森林植被减。

无序乱砍伐，雨水无处涵。

土地荒漠化，水源也污染。

水土流失重，上百贫困县。

林业基础薄，坡耕地低产。

畜牧不发达，自然条件限。

河水流量少，断流七二年。

下游河见底，水库已涸干。

千秋大业成，环境是关键。

生态保平衡，合理用资源。

梯级来开发，植树绿山川。

沙棘保水土，满身都值钱。

长远细规划，打好攻坚战。

退耕还林草，持续可发展。

修改《水利法》，全程流域管。

执行《森林法》，绿化持久战。

制定《黄河法》，治理法制管。

拯救母亲河，昔日光彩现。

人人植树草，赤地变青山。

代代齐努力，浆河成清源。

展望新世纪，黄河前景灿。

炎黄好子孙，救黄大任担。

待到碧水日，无愧对祖先。

2000 年 1 月 1 日，于北京市香山。

---

① 四渎之宗先：四渎，古人把四条独流入大海的大川称为"四渎"，这就是长江、黄河、淮河、济水。

② 流经九省区：九省区，指青海、四川、甘肃、宁夏、内蒙古、山西、陕西、河南、山东等 9 个省区。

③ 三原千米线：三原，即河套平原、鄂尔多斯高原、黄土高原。

④ 大支十河源：渭河、汾河、湟水、无定河、

洮河、洛河、大黑河、清水河、沁河、祖厉河等都是流域面积大于 1 万平方公里的较大支流。

⑤　西边止巴颜：巴颜，即巴颜喀拉山。

⑥　桃伏秋凌变：黄河在一年内的四个季节里都有汛期，分别叫桃汛、伏汛、秋汛、凌汛。

⑦　穿行巴阿间：巴阿，即巴颜喀拉山和阿尼玛卿山。

⑧　龙峡至李峡：龙峡、李峡，即龙羊峡、李家峡。

⑨　刘峡入黄河：刘峡，即刘家峡。

⑩　沿吕奔南流：吕，即吕梁山。

⑪　河口至桃花：河口、桃花，即内蒙古自治区托克托县河口镇、河南郑州附近的桃花峪。

⑫　河西是高原：高原，指黄土高原。

⑬　九河自发源：九河，即皇甫川、窟野河、无定河、三川河、延水、汾河、北洛河、泾河、渭河。

⑭　洪水三源区：河口镇至龙门，龙门至三门峡以及三门峡至桃花峪区间干支流，为黄河下游洪水的三大来源区。

⑮　河口花园间：花园，指河南省郑州花园口。

⑯　龙门古八景：即曲栈连云、南京夜月、层楼倚汉、飞阁流丹、秋水归帆、鸣泉漱玉、空谷惊雷、鱼鳞汲波。

⑰　桃林塞潼关：潼关古称桃林塞。

⑱　人神鬼门关：三门峡是黄河切穿高山而形成的三道峡谷，以其险峻而被称为人门、鬼门、神门，号称"三门"。

⑲　孟津至小浪：小浪，即河南省孟津县小浪底。

⑳　郑到垦利县：郑，即郑州。

㉑　下游唯一湖：即东平湖。

㉒　蓝大丁河人：即蓝田猿人、大荔猿人、丁村古人、河套新人文化。

㉓　最早古阳城：即今河南省登封县的告成镇。

㉔　赤铜黄两汉：即两汉时期赤眉军、铜马军、黄巾军三支农民起义军。

㉕　官钧汝定窑：即官窑（河南开封）、钧窑（河南禹县）、汝窑（河南临汝）、定窑（河北曲阳）。

㉖　三绝美名传：即酥油花、壁画和堆绣。

㉗　晋祠三绝叹：即周柏、唐槐和难老泉及宋塑侍女像。

㉘　北方三大剧：即京剧、豫剧、秦腔。

㉙　龙峡至青峡：龙峡、青峡，即龙羊峡、青铜峡。

㉚　兰西济呼临：即兰州、西安、济南、呼和浩特、临汾。

㉛　太宝西郑济：即太原、宝鸡、西安、郑州、济南。

㉜　六大主干线：即京广、京沪、陇海、兰新、京包、包兰等 6 条铁路干线。

㉝　含盐六百亿：即含盐六百亿吨。

㉞　集中产四县：四县，即盐池、同心、吴忠和灵武 4 县。

㉟　太大呼济青, 烟郑洛西兰: 即太原、大同、呼和浩特、济南、青岛、烟台、郑州、洛阳、西安、兰州。

㊱　纵贯五盆地：五盆地，山西中部，从北而南是大同盆地、忻定盆地、太原盆地、临汾盆地和运城盆地。

㊲　五峰各奇景：即东为朝阳峰、西为莲花峰、南为落雁峰、北为云台峰、中为玉女峰。

㊳　山顶四奇观：即旭日东升、云海玉盘、黄河金带和晚霞夕照。

㊴　湟清沁无汾，渭洛泾河缠：即湟水、清水河、沁河、无定河、汾河、渭河、洛河、泾河。

㊵　龙积刘盐八，桑红黑青三：即龙羊峡、积石峡、刘家峡、盐锅峡、八盘峡、桑园峡、红山峡、黑山峡、青铜峡、三门峡。

㊶　四大鸣沙区：即新疆的巴里坤、甘肃的鸣沙山、宁夏的沙坡头和内蒙古的响沙湾。

㊷　经济协作区："黄河经济协作区"，1988年5月在青岛成立，成员单位有新疆、青海、甘肃、宁夏、内蒙古、陕西、山西、河南、山东9个省（区）和水利部黄河水利委员会及新疆建设兵团。

㊸　三大灾害频：黄河流域三大自然灾害是旱灾、水灾和水土流失。

㊹　沿黄有六害：即干旱、冰凌、风沙、盐碱、内涝、水土流失。

㊺ 黄河事办好：毛泽东主席1952年到黄河视察发出："要把黄河的事情办好"的号召。

㊻ 七下八上间：指7月下半月至8月上半月。

㊼ 四大水系连：四大水系，指长江、黄河、淮河、海河。

北京

地理位置

华北平原西北缘，
扼守三原要道关。①
南控江淮战略地，
北出长城朔漠连。
自古军事要塞险，
兵家必争主动权。
东南出海三百里，
庙岛群岛屏障严。
毗邻天津重门户，
河北县市围四边。
西山源出太行脉，

燕山支脉军都山。

两山相会八达岭，

合抱环拥北京湾。②

依山临河得地利，

五大水系京区穿。③

东部平原缓流淌，

五水分汇渤海湾。

四大高山盘境内，④

最高峰巅东灵山。

山区平原二比一，

东南北京沃野坦。

天然峡谷通塞外，

绝岭长城屏障严。

南北里长三百六，

东西地宽三百三。

南端大兴榆垡镇，

怀柔石洞子北沿。

东界密云大角峪，

西边直接东灵山。

南来北往中枢纽，

立体交通八方联。

中原北方险屏障，

农牧民族交融点。

四季分明多干燥，

冬长一百六十天。

西部山区矿藏丰，

京西京东两煤田。

东南大兴储油气，

铁矿分布密云县。

密平怀昌蕴金矿，⑤

唐代开采上千年。

名胜古迹荟集地，

旅游资源排国前。

世界遗产榜有四，⑥

二十八处国重点。

市级名胜近两百，

游览胜地随可见。

新评北京十六景，⑦

世界之最十处选。⑧

七大古都榜有名,

六代王朝国都建。

中华政经文中心,

国大城市列位三。

古老历史文化城,

山川形胜天下赞。

历史变迁

北京历史溯久远,

猿人生息周口店。

龙骨山中有故居,

五十万年老祖先。

山顶洞人古遗址,

人类生活两万年。

京城初形拓西周,

风雨蹉跎三千年。

武王分封两小国,

相距百里蓟与燕。

琉璃河畔燕古都，

蓟都永定河岸边。

东周燕强兼并蓟，

燕都蓟城格局变。⑨

昭王改革入七雄，⑩

富冠海内八百年。

北京地区燕核心，

蓟城盛名九州传。

秦国雄起灭六国，

大将王翦打败燕。

蓟城纳入秦版图，

六郡分治燕地盘。

燕都设置广阳郡，

联络东北地位显。

北防匈奴南侵扰，

燕赵秦国长城连。

中原百姓迁蓟城，

人口增加扩田园。

咸阳驰道达蓟城，

边防重镇兵车繁。

华北平原北门户，

五处地方建政管。

西汉末年大起义，

刘秀率军打通县。

河北柏乡称皇帝，

东汉政权从此诞。

燕国撤制归幽州，

十一郡国上千县。

南北民族未定居，

人口三百七十万。

北方商业中心市，

农业生产大发展。

安生日子不长久，

东汉末年起战乱。

三国时代风云变，

曹操踞蓟魏地盘。

水利灌溉始刘靖，^⑪

车箱渠与戾陵堰。

魏晋连年战火焚，

幽州人剩二十万。

五胡乱华十六国，

天下混战上百年。

隋唐蓟城地位升，

军事布防成兵站。

杨广改幽称涿郡，

永济渠通南北贯。

兴兵辽东百万军，

云集涿郡兵将遣。

大军三次征高丽，

失败告终国势减。

唐代涿郡复幽州，

蓟城府设政机关。

太宗雄心向北扩，⑫

调兵出关战略点。

诸军蓟城大集结，

远征高丽无功还。

秦至唐末蓟重镇，

中原北域纽带联。

经济文化频交流，

商贸中心促发展。

中原王朝势衰微，

北方强族进中原。

唐朝划分十军镇，

蓟城一带军镇建。

号称范阳节度使，

禄山掌兵十五万。⑬

边远势强生二心，

起兵蓟城搞叛乱。

玄宗朝廷无实力，

安史之乱达八年。

社会经济遭破坏，

各族百姓苦不堪。

北朝起始到五代，

战乱不息五百年。

各方势力争霸主，

行政属区更迭繁。
五代后唐占蓟城，
河东节度使辖管。
李从珂伐石敬塘，⑭
石求契丹来支援。
卖国交易缔盟约，⑮
五万契兵南入关。
攻陷洛阳建后晋，
华北门户割契丹。
吞并燕云十六州，
契改国号辽朝建。
幽州蓟城设陪都，
名称南京燕京唤。
北京设置析津府，
都城地位逐渐显。
辽金蓟城大变化，
北方门户代长安。
全国政经为中心，
封建社会后半段。

险塞尽失辽南下，
长驱直抵黄河边。
辽国领土设五京， ⑯
南京规模排列前。
陈桥兵变赵匡胤，
汴梁北宋王朝建。
匡义继位当皇帝， ⑰
决心北伐收地盘。
势如破竹到京城，
辽国宰相率兵援。 ⑱
双方血战高粱河，
宋军失败饮恨返。
塘泺一线南北峙， ⑲
两国兵戎暂不见。
东北崛起女真族，
白山黑水金国诞。
辽朝势减近夕阳，
徽宗约金击辽战。 ⑳
海上盟约金窃喜， ㉑

长城为界划地盘。
金胜辽国进北京，
燕云各州兵马占。
宋奉钱财求金退，
金撤城防破坏惨。
驱走居民三万户，
宋得空城苦难咽。
南京改称燕山府，
北宋管辖仅两年。
金人俘辽天祚帝，
扫障拔掉心腹患。
卷土重攻燕山府，
守军投降兵叛变。
金兵南下越黄河，
东京汴梁城沦陷。
靖康之变北宋亡，
徽钦二帝成囚犯。㉒
三千黄室掠北去，
客死他乡命悲惨。

赵构溃败向南逃,

苟且一隅栖临安。㉓

南宋与金淮河界,

两军对峙长江岸。

金朝势力向南扩,

会宁原都北京迁。

中都名置大兴府,

金代王朝正式建。

连年烽火暂平息,

京城居民三十万。

金海陵王完颜亮,

中都称帝坐江山。

北京正式成首都,

迎来发展转折点。

燕京城址为基础,

模仿汴梁都城建。

紧急施工快上马,

民工士兵上百万。

皇城一年急建成,

役夫工匠尸堆山。
中都繁华近百载，
蒙古强大出草原。
成吉思汗攻中都，
拿下重镇居庸关。
金国迁都到汴梁，
蒙族入京大火燃。
宫阙焚烧一月久，
繁华都城变残垣。
元军占蓟改燕京，
一片废墟瓦砾填。
蒙古大汗忽必烈，
灭金南下破临安。
三年统一全中国，
疆土广大历朝冠。
中都改称叫大都，
元朝首都北京建。
设置机构大都路，
成为全国中心点。

元朝强大震世界，
各国使团来朝见。
北京元末人口增，
居民发展八十万。
元朝统治民残酷，
农民起义怒火燃。
江淮杀出红巾军，
队伍壮大速发展。
南方建立根据地，
烈火燎原齐讨元。
起义首领朱元璋，
南京登极明朝建。
元朝皇帝逃蒙古，
徐达破城大都占。
迷信愚昧灭王气，
拆毁皇宫人惜叹。
误认异族大屠杀，
残垣废墟人迹罕。
大都几近无人区，

又令各地移民迁。
明改大都北平府，
南京首都蓟防线。
燕王朱棣守北平，
重兵在握蓄夺权。
靖难之役陷南京，㉔
建元永乐新帝换。
历史称为明成祖，
弃都南京北平迁。
大兴土木建皇城，
艰巨工程民遭难，
连年战争市萧条，
北京城内少人烟。
江南山西迁富户，
充实京师促市繁。
政治经济北转移，
人口增至七十万。
百万工匠兴土木，
前后延续十五年。

农民领袖李自成，

国号大顺建西安。

起义农民攻北京，

飞兵袭击居庸关。

铁骑驰临京城下，

浩荡大军四十万。

风卷残云破内城，

崇祯自缢万岁山。㉕

闯王进宫丧警惕，

文治粗疏无经验。

辽东总兵吴三桂，

关宁铁骑二十万。㉖

敌视农民起义军，

怀恨驻守山海关。

东北强大女真族，

努尔哈赤后金建。

历炼铁军八旗兵，

横扫四方勇善战。

一六三六改清朝，

沈阳登极欲图南。

引清入关吴长白，[27]
镇压农民冲在前。

闯王弃京退陕西，
后遭杀害大宫山。[28]

清摄政王多尔衮，
一反前例北京占。

收买人心安抚民，
归顺大清留长辫。

康熙继位展雄风，
消灭叛乱平三藩。

打退沙俄侵略军，
收复疆土边宁安。

嘉庆道光国势衰，
西方列强来战舰。

玩物丧志腐败透，
闭关锁国不思变。

鸦片战争屈辱史，
割让香港一百年。

一八六零英法军，

攻占天津嚣气焰。

咸丰弃都逃承德，

强盗肆毁圆明园。

痛恨列强恶暴行，

农民闹起义和团。

八国联军找借口，

四万兵马北京占。

慈禧仓皇向西逃，

京城百姓遭劫难。

甲午战争中惨败，

《马关条约》民愤掀。

公车上书促光绪，

百日维新命短暂。

慈禧政变囚皇帝，

革新志士丧黄泉。

孙文武昌首起义，

辛亥革命暴风卷。

溥仪仓皇退帝位，

清代王朝到终点。
窃国大盗袁世凯，
披裹龙袍闹剧演。
各路军阀争进京，
你来我往抢政权。
总统更替十三任，
四十六届内阁换。
三派军阀不相让，^㉙
直皖直奉大混战。
北京政变冯玉祥，
末代皇帝宫外赶。
紫禁城内风萧瑟，
封建帝制被推翻。
一战结束中国胜，
巴黎和约民哗然。
五四运动震中外，
工人阶级站台前。
学生火烧赵家楼，
反帝怒潮全国卷。

东北军阀张作霖，

占据北京整四年。

黄埔起军向北伐，

山西军阀阎锡山。

混战驱走奉系军，

国民政府掌京权。

改叫北平特别市，

后又降格冀辖管。

二十一年普通城，

首都历史暂中断。

国人难忘九·一八，

东北国土日侵占。

学生运动一二·九，

抗日救亡高潮掀。

卢沟桥头枪声起，

七七事变烽火燃。

日寇铁蹄踏北京，

中华民族奋抗战。

八年赶走日本鬼，

蒋军摘桃接京管。
解放战争三战役，
人民胜利曙光现。
平津战役收复京，
围困蒋军二十万。
百万大军临城下，
和平解放万民欢。
历史名城免炮火，
京华新生换人间。
人民军队进北京，
欢迎市民二百万。
千年古都民作主，
屈辱岁月不复返。
政治协商九月会，
改称北京开新篇。
人民欢呼新中国，
十一开国大庆典。
主席登上天安门，
庄严宣告定坤乾。

我党接管新首都，
六朝古都天地变。
皇宫重地紫禁城，
四门打开见晴天。
半个世纪北京史，
翻天覆地大改观。
居住民族五十五，
人口已达上千万。
管辖七县十一区，
平方公里十六万。
世界特大城市中，
中国北京一席占。
古老京都新风貌，
展翅腾飞前景灿。

城垣建制

负山带海六朝选，
天府神京世称赞。

文化工程世界奇，
古都风韵独领妍。
辽金元明清五代，
一脉相承不间断。
京城源头莲花池，
六海湖泊随城建。㉚
紫禁城为城中城，
金城汤池防卫严。
皇宫皇城到都城，
层层逐次向外延。
周围巍峨高城墙，
建筑群在中轴线。
四通八达街巷密，
万计民居四合院。
北京胡同始元代，
火巷街衢是渊源。
基层民众栖身地，
胡同文化成景观。
中小四合中阶层，

贫苦居民大杂院。
大型四合集内城，
东富西贵豪宅建。㉛
整体平面严布局，
空中俯瞰似棋盘。
辽金重要过渡期，
华北重镇地位显。
四垣沿用幽州城，
八座城门内外坚。
中轴线设始金代，
元朝选都正式建。
明代东移上百米，
形成格局到今天。
南北延伸八公里，
永定门南中心点。
北越景山到鼓楼，
内外六殿连一线。㉜
中轴线串四重城，㉝
东西对称布局严。

历代帝王循旧例，
左为太庙右社坛。㉞
前面威严设朝廷，
市场规划在后面。
宫殿突出唯独尊，
中心地位得体现。
金代北京成首都，
城垣建设始发展。
燕京城址筑首都，
动用工匠八十万。
人民生命为代价，
耗费巨资民血汗。
参照汴梁城规划，
辽城旧址超扩建。
大城周长七十里，
宫阙巍峨雄壮观。
永定河建卢沟桥，
南北交通一线穿。
元代建都弃旧城，

东北郊外新址选。
金朝离宫为中心，
高粱河边丰水源。
开凿新渠通惠河，
解决漕运保障便。
雄伟城墙宽街道，
皇宫建设十八年。
城墙周长六十里，
北京城廓雏形现。
明代格局成凸形，
内外两城相通连。
移建南北两面墙，
宫殿园林外城选。
宏伟壮观建筑群，
依次盖起六大殿。
明代建筑经风雨，
故宫完好到今天。
内九外七十六门，
明清城门进出严。

清耗巨资建园林，
瑰丽幽雅集海淀。
三山五园西北郊，
南北双城紧相连。
江南水乡秀风光，
苏州园林北移建。
清末津京通火车，
左安门旁破墙穿。
城墙流失未能止，
今日古城难觅见。
北京旧城大改造，
四九解放到今天。
两次评出十建筑，^㉟
京都面貌换新颜。
古老胡同成陈迹，
旧房改造小区建。
城区扩大几十倍，
高楼大厦姿丽绚。
纵观北京建设史，

三个重要发展段。
中心建筑紫禁城，
至今五百七十年。
天安门前大改造，
承先启后崭新篇。
迎接九零亚运会，
奥林匹克中心建。
古为今用有创新，
和谐联系保遗产。
天安门前大广场，
成功改造受称赞。
明代广场成凸型，
高大宫墙围三面。
平民百姓难进入，
东西交通受阻拦。
广场改造院墙拆，
恰逢建国十周年。
建立英雄纪念碑，
会堂两馆对称建。㊱

广场前后改四次，

世纪之交更壮观。

如今东西五百米，

南北八百八十三。

四十四万平方米，

国家广场世界冠。

左右东西长安街，

扩建美化又加宽。

开阔平坦林荫道，

形成全城新轴线。

广场变为城中心，

故宫相通院相连。

长安大街为座标，

十字交汇在天安。㊲

主干交通一百里，

通州直连石景山。

打通朝阳阜成门，㊳

通衢大道穿禁苑。

连接两厢缓中央，

东南西南建两站。㊴

国家体育中心区，

中轴线延北端点。

越过旧日钟鼓楼，

延伸直到北五环。

扩展环状交通网，

道路格局大改变。

车流畅行各环路，

沟通环城地铁线。

六个新区城周辟，㊵

新旧市区连成片。

郊区建成卫星城，

居民小区春笋般。

综合工业大都市，

科研文化国领先。

高等学府七十多，

科研机构全国冠。

高科技园中关村，

中国硅谷破冰船。

三大繁华商业区，[41]
老店新铺市荣繁。
平安大道古都貌，
西单广场新画卷。
王府井街更亮丽，
东方广场美壮观。
古文化街琉璃厂，
墨宝书香浓百年。
现代超市各区有，
老店汇集大栅栏。
历史文化传佳誉，
旧城人类珍遗产。
形式各异立交桥，
古都名城风景线。
植树种草开绿地，
美化环境成亮点。
现代国际大都市，
宏大精深博物馆。

历史名胜

天安门

金碧辉煌天安门，
首都象征四海闻。
蒯祥匠心流韵久，㊷
几经大火浴炼新。
主席登楼挥巨手，㊸
人民站起扭乾坤。
五十春秋红旗颂，
金水桥畔烈士心。

天安门广场

气势恢宏名广场，
首都中心人向往。
革命运动见证地，

光荣传统铸辉煌。
周边楼厦布局美，
民族气派凝大方。
升旗激昂腾飞志，
节日盛典花海洋。

故宫

辉煌壮丽紫禁城，
百万工匠血汗凝。
富丽堂皇三大殿，㊹
三宫六院列内廷。㊺
封建王朝两千年，
辛亥革命驱皇廷。
五大宫殿世居首，㊻
中华文物谁与争。

北海

湖光塔影琼华岛，
仙山瑶阁京城娇。
隔桥相望中南海，
玉泉碧水三海绕。 ㊼
千年团城藏双绝， ㊽
两面龙壁世难找。 ㊾
历史悠久八百年，
皇家园林展风貌。

景山

鸟瞰京城制高点，
故宫雄姿一目览。
山顶巍峨万春亭，
风光壮丽景怡然。
崇祯魂断老槐树，
丧失江山成笑谈。

古老煤山迎新春，
国色天香艳牡丹。

天坛

独特风格气壮伟，
端庄华丽造型美。
三孟祭天祈丰收，⑩
两遭洗劫几成灰。⑪
风雨沧桑五百年，
帝王将相化丘堆。
建筑瑰宝祈年殿，
人民智慧闪光辉。

圆明园

三山五园规模冠，⑫
造园艺构成典范。
万园之园享美誉，

修筑一百五十年。
南北园林集大成，
珍宝文物世罕见。
两次大火成废墟，[53]
百年屈辱刻残垣。

颐和园

松柏常翠万寿山，
昆明湖水碧波连。
三岛七桥佛香阁，[54]
长廊石舫排云殿。
南洋水师断军饷，
慈禧贺寿三千万。
强盗闯进抢珍宝，
劫后明珠新妆艳。

当代名胜

人民英雄纪念碑

光辉业绩记悲壮，
烈士碧血谱华章。
主席题词亲奠基，
人民英雄闪金光。⑤⑤
巍巍丰碑垂千古，
代代子孙永瞻仰。
百年辉煌革命史，
碑座浮雕放光芒。

人民大会堂

民族气派大会堂，
十大建筑排头榜。
设计施工一年毕，
八方协作奇迹创。
黄绿相间琉璃檐，

高大魁伟圆柱廊。
万人礼堂聚英贤，[56]
人民参政国是商。

中国革命、历史博物馆

广场东侧对称建，
端肃典雅势壮观。
方柱门廊双六峙，
两馆合一结构严。
革命文物珍品多，
华夏历史浓缩现。
光辉历史传千古，
爱国教育胜雄辩。

军事博物馆

雄伟建筑势拔天，
七层塔座军徽闪。

人民军队辉煌史，
丰富史料忆当年。
战斗历程引感慨，
英雄事迹扣心弦。
万件文物浸鲜血，
千古传颂保江山。

毛主席纪念堂

巍峨屹立万绿丛，
庄严雄伟傲苍穹。
四十四根石廊柱，
携手并肩作梁栋。
人民向往敬瞻仰，
饮水思源含情浓。
丰功伟绩传后代，
永远活在民心中。

西山胜景

西山

太行之首清凉山，⑤⑦
神京右臂首都挽。
永定河水穿山过，
西山南北隔两段。
烟光岚影游客醉，
名胜古迹松柏掩。
林海苍茫二百里，
鸟语花香四季鲜。

香山红叶

西山晴雪景万千，
百鸟争鸣春盎然。
夏日松涛遏行云，

秋风红叶霞满天。
十万黄栌织锦绣，
金色山川铺赤毯。
秋深霜重动京城，
夕阳如炬壮心燃。

八大处

八座古刹隐西山，⑱
天地人间上千年。
名冠京师不尽览，
风景如画趣自然。
临风远眺北京城，
重阳登高秋无限。
层峦叠翠苍秀雅，
群峰四季各诗篇。

卢沟桥

京西要冲卢沟桥，
八百年华不动摇。
晓月朗照梳妆镜，
雄狮百态奇柱雕。
七七事变烽烟骤，
浴血抗日桥头堡。
侵华罪行史见证，
警钟长鸣后世昭。

旅游纵览

长安街

东西长街贯京城，
华灯齐放舞长龙。

神州誉称第一街，
日新月异韵姿丰。
长街两侧多机关，
金融商厦如林耸。
新潮古风融相合，
华夏窗口展英容。

王府井

繁华街衢四海通，
九州货流显商情。
辽金村落成市肆，
明清灯市促华荣。
日进斗金商战地，
店铺林立人潮涌。
世纪之交重开街，
盛名远播更兴隆。

四合院

槐榆杏枣树荫下，
坐北朝南灰砖瓦。
正房长辈唤儿孙，
东西厢房喊爹妈。
南屋迎宾兼书厅，
院内花果满枝桠。
温馨和美四合院，
邻里友谊亲一家。

胡同

燕京街巷数不清，
火弄演变称胡同。
并列有序四合院，
纵横通道方便行。
迂回曲折家家连，
宽窄长短路路通。

名称历史百科书，
胡同文化古都情。

立交桥

十字路口架彩虹，
千姿百态立交城。
雄峙京城千百座，
古都新貌举世惊。
四通八达妆街市，
五彩缤纷耀眼明。
科学艺术创双美，
开放笑迎八面风。

老字号

百年老店享盛名，
中华瑰宝耀京城。
东西来顺全聚德，

金字招牌引宾朋。
信誉超群同仁堂，
精工制作内联升。
独具特色老字号，
大浪淘沙见真功。

全聚德

全聚德源德聚全，
名牌不倒世代传。
京城美馔首屈指，
皮脆肉嫩汤更鲜。
选料精良京填鸭，
挂炉烤技绝活传。
四海宾客游北京，
必尝特产中外赞。

景泰蓝

瑰丽典雅始明朝，
景泰蓝年诞国宝。
彩釉金镶丝瓶绝，
世界博览金奖抱。⑤⑨
北京传统工艺独，
涌出国门五洲销。
品类规格上千种，
融合科技新创造。

京剧

国粹诞生二百年，
四大徽班进京演。⑥⓪
多种曲调相融合，
西皮二黄国戏传。
同光杰出十三绝，⑥①
十七流派大发展。⑥②

唱念做打京韵味，

戏剧殿堂瑰宝灿。

2000 年 2 月 5 日，于北京。

————————————

① 扼守三原要道关：即蒙古高原、东北平
原和黄淮海平原。

② 合抱环拥北京湾：西山和军都山把北京
平原从三面包围起来，这块三面环山的平原
称做"北京湾"。

③ 五大水系京区穿：北京地区从东到西分
布有蓟运河、潮白河、北运河、永定河、大
清河五大水系。

④ 四大高山盘境内：即东灵山、大海坨山、
白草畔、百花山。

⑤ 密平怀昌蕴金矿：密平怀昌，即密云县、
平谷县、怀柔县、昌平区。

⑥ 世界遗产榜有四：故宫、八达岭长城、
周口店北京猿人遗址和天坛已列入《世界遗
产目录》。

⑦ 新评北京十六景：1980年，海内外43万旅游者投票选出了"天安丽日"（天安门广场）、"紫禁夕晖"（故宫）、"燕塞雄关"（八达岭长城）、"白塔堆云"（北海）、"颐和慧海"（颐和园）、"圜后清音"（天坛）、"香山红叶"（香山）、"十渡浮峦"（十渡）、"盘古遗火"（周口店猿人遗址）、"幽峡流碧"（龙庆峡）、"大钟声远"（大钟寺）、"龙潭漱玉"（白龙潭）、"明陵落照"（十三陵）、"卢沟狮醒"（卢沟桥）、"慕田古堞"（慕田峪长城）、"红楼大观"（大观园）等处为"北京十六景"。

⑧ 世界之最十处选：1992年，北京推出了十大"世界之最"，即最长的防御城墙——长城；现存规模最大、保存最完整的宫殿建筑群——故宫；最大的城市中心广场——天安门广场；最大的祭天建筑群——天坛；造景丰富、建筑集中、保存最完整的皇家园林——颐和园；建园最早的皇城御园——北海；保存完整、埋葬皇帝最多的墓葬群——十三陵；发现直立人化石、用火遗址和原始

文化遗存最丰富的古人类文化遗址——周口店北京猿人遗址；收藏石刻经版最多的寺庙——云居寺；铭文字数最多的大钟——永乐大钟。

⑨ 燕都蓟城：东周燕襄王时，燕国的南疆以黄河为界，它的国都是蓟城。自此有"燕都蓟城"的说法。后来北京称做燕京，也是来源于这里。

⑩ 昭王改革入七雄：昭王，即燕昭王；七雄，即战国时魏、赵、韩、齐、秦、楚、燕七大强国。

⑪ 水利灌溉始刘靖：刘靖，曹操时，负责防御北方边境的"征北将军"。

⑫ 太宗雄心向北扩：太宗，即唐太宗李世民。

⑬ 禄山掌兵十五万：禄山，即安禄山。唐玄宗时兼任平卢（今辽宁朝阳）、范阳、河东（今太原）三镇节度使，领兵 15 万。天宝十四载（公元 755 年）冬在蓟城起兵叛乱。

⑭ 李从珂伐石敬塘：李从珂，后唐皇帝；石敬塘，河东节度使。

⑮　卖国交易缔盟约：石敬塘答应契丹帮他打退后唐的军队，就把雁门关以北的幽云十六州的土地都送给契丹，其中包括北京所在的幽州。

⑯　辽国领土设五京：即上京临潢府（今内蒙古巴林左旗）、中京大定府（今内蒙古宁城县）、东京辽阳府（今辽宁辽阳市）、南京析津府（今北京市）、西京大同府（今山西大同市）。

⑰　匡义继位当皇帝：匡义，即赵匡义，赵匡胤的弟弟。

⑱　辽国宰相率兵援：辽国宰相，耶律沙。

⑲　塘泺一线南北峙：塘泺，西起今河北保定西北，东达今天津塘沽附近，东西数百里的地带成为一片水泽，号称"塘泺"。

⑳　徽宗约金击辽战：徽宗，即北宋皇帝宋徽宗。

㉑　海上盟约金窃喜：北宋重知元年（1118年）宋徽宗派使者从山东浮海去金国探听虚实，其后宋金订立了"海上盟约"，约定共同出兵击辽，双方用兵以长城为界，长城以

南辽的南京地区由宋军负责攻取，胜后归宋，长城以外辽的中京地区则是金军夺取目标，胜后归金；北宋仍以原先每年送给辽的绢和岁币照数送给金朝。

㉒ 徽钦二帝成囚犯：徽钦二帝，即宋徽宗和宋钦宗（金兵逼进汴梁时，宋徽宗急忙传位给儿子赵桓，即宋钦宗）两位北宋皇帝。

㉓ 苟且一隅栖临安：临安，今杭州。

㉔ 靖难之役陷南京：建文元年（1399年）燕王朱棣起兵北平（今北京），以讨大臣齐泰和黄子澄为名，向南京进攻，建文帝派兵迎击，叔侄俩进行了4年战争，历史上称做"靖难之役"。

㉕ 崇祯自缢万岁山：万岁山，今景山。

㉖ 关宁铁骑二十万：吴三桂率有20万明朝最精锐的部队，人称"关宁铁骑"。

㉗ 引清入关吴长白：吴长白，吴三桂字长白。

㉘ 后遭杀害大宫山：大宫山，在今湖北省。

㉙ 三派军阀不相让：三派军阀，指直、皖、奉系军阀。

㉚ 六海湖泊随城建：六海，指什刹海的前

海、后海、西海和旧皇城内的北海、中海、南海。

㉛ 东富西贵豪宅建：明清两代王公勋臣的赐第多建于西城，而豪商巨贾多将私宅建于商业繁盛的东城，因此有"东富西贵"之说。

㉜ 内外六殿连一线：内廷的后三殿乾清宫、交泰殿、坤宁宫；外朝三大殿是皇极殿（后称奉天殿，今称太和殿）、中极殿（今称中和殿）、建极殿（原称华盖殿和谨身殿，今称保和殿）。

㉝ 中轴线串四重城：即外城、内城、皇城和紫禁城。

㉞ 左为太庙右社坛：社坛，即社稷坛。

㉟ 两次评出十建筑：指50年代和80年代各评出北京十大建筑。50年代北京十大建筑，即人民大会堂，中国革命历史博物馆，北京站，民族文化宫，工人体育场，全国农业展览馆，华侨大厦，长安饭店（后改为民族饭店），钓鱼台国宾馆，中国人民革命军事博物馆；80年代北京十大建筑，即北京图书馆(现改为国家图书馆)、中国国际展览中心、

中央彩色电视中心、首都机场候机楼、北京国际饭店、大观园、长城饭店、中国剧院、中国人民抗日战争纪念馆、地铁东四十条站。

㊱　会堂两馆对称建：会堂，即人民大会堂；两馆，即中国革命博物馆和中国历史博物馆。

㊲　十字交汇在天安：天安，即天安门。

㊳　打通朝阳阜成门：朝阳，即朝阳门，

㊴　东南西南建两站：即北京站和北京西站。

㊵　六个新区城周辟：即以机关和事业单位为主的西郊区；以高等院校、科研单位为主的西北郊区；以科研和事业单位为主的北郊区；以机械、纺织、化工为主的东郊惠河工业区；以化工为主的南郊工业区；仓库区。以上6个新区建设于20世纪50年代后。

㊶　三大繁华商业区：即王府井大街、西单大街和前门大街3个商业区。

㊷　蒯祥匠心流韵久：蒯祥，明代建筑匠师，苏州吴县人。

㊸　主席登楼挥巨手：主席，即毛泽东主席。

㊹　富丽堂皇三大殿：即太和殿、中和殿和保和殿。

㊺　三宫六院：三宫为乾清宫、交泰殿、坤宁宫；六院即东西六宫，东六宫为景仁宫、承乾宫、钟粹宫、廷禧宫、永和宫、景阳宫；西六宫为永寿宫、翊坤宫、储秀宫、太极殿、长春宫、成福宫。

㊻　五大宫殿世居首：指世界五大宫殿，即北京故宫、法国凡尔赛宫、英国白金汉宫、俄罗斯克里姆林宫和美国白宫。

㊼　玉泉碧水三海绕：指北海、中海、南海（后两海合称中南海）。

㊽　千年团城藏双绝：即大玉海和白玉佛。

㊾　两面龙壁世难找：北海九龙壁是我国唯一一座双面龙壁。

㊿　三孟祭天祈丰收：即孟春祈谷、孟夏祈雨、孟冬祀天。

(51)　两遭洗劫几成灰：指 1860 年英法联军和 1990 年八国联军两次洗劫。

(52)　三山五园规模冠：三山为玉泉山、香山和万寿山；五园为畅春园、圆明园、静明园、静宜园、清漪园（后来的颐和园）。

(53)　两次大火成废墟：指 1860 年英法联军

和 1900 年八国联军两次放火焚烧圆明园。

(54) 三岛七桥佛香阁：三岛，即南湖岛、团城岛和藻鉴堂；七桥，即界湖桥、豳风桥、玉带桥、镜桥、练桥、柳桥和十七孔桥。

(55) 人民英雄闪金光：指毛泽东主席为人民英雄纪念碑题词“人民英雄永垂不朽！”

(56) 万人礼堂聚英贤：人民大会堂初建时称“万人礼堂”，后改为“人民大会堂”。

(57) 太行之首清凉山：西山又称小清凉山。

(58) 八座古刹隐西山：一处“长安寺”、二处“灵光寺”、三处“三山庵”、四处“大悲寺”、五处“龙王堂”、六处“香界寺”、七处“宝珠洞”、八处“证果寺”。

(59) 世界博览金奖抱：1904 年，景泰蓝工艺品在美国芝加哥世界博览会上荣获一等奖。

(60) 四大徽班进京演：即徽剧三庆班、四喜班、和春班、春台班 4 个剧团。

(61) 同光杰出十三绝：指清朝同治、光绪年间涌现出的 13 位著名京剧、昆剧演员。他们是程长庚、张胜奎、卢胜奎、杨月楼、谭鑫培、徐小香、梅巧玲、时小福、余紫云、郝兰田、刘赶三、朱莲芬、杨鸣玉。

㉒　十七流派大发展：即谭派（谭鑫培）、孙派（孙菊仙）、李派（李春天）、汪派（汪桂芬）、刘派（刘鸿声）、杨派（杨小楼）、盖派（盖叫天）、高派（高庆奎）、言派（言菊朋）、余派（余叔岩）、梅派（梅兰芳）、周派（周信芳）、荀派（荀慧生）、尚派（尚小云）、马派（马连良）、程派（程砚秋）、裘派（裘盛戎）。

长城

长城沿革

楚长城

楚国长城最早建，
防御八国筑防线。①
西起竹山过汉水，②
筑城千里绕豫南。
最早方城大关口，③
长城得名由此诞。
战国七雄各筑城，
诸侯争霸战事繁。

齐长城

临淄齐国都城建，④
筑城防楚赵晋韩。⑤
西起平阴向东走，⑥
终止胶南大朱山。⑦
横贯山东千余里，
插于东海黄河间。
春秋战国众长城，
齐国保留最多段。

中山长城

北狄民族强彪悍，
鲜虞立国三百年。⑧
西南赵晋压边境，
东临齐国北接燕。
晋冀交界筑长城，
高度戒备防进犯。

绵延太行五百里，
坚固屏障国民安。

魏长城

处豫西北东接陕，
西秦南楚北戎连。⑨
由盛转衰攻变守，
两道长城国防线。
河西防秦戎长城，
南北千里修十年。
河南长城六百里，
郑州新乡南北严。

秦长城

商鞅变法秦盛年，
南占巴蜀西取陕。
兵强马壮立霸业，

力图东进统中原。
西北匈奴扰边境，
拒胡筑城卫国安。
西起岷县北至蒙，⑩
三千里长跨陕甘。

燕长城

春秋强国始无燕，
昭王改革求名贤。
乐毅率军联五国，⑪
败齐强大七雄占。
北界长城两千里，
易水巨龙横燕南。⑫
西起造阳到襄平，⑬
御胡国盛八百年。⑭

赵长城

赵国都城建邯郸，
齐燕魏胡邻四边。
东胡林胡北劲敌，
魏国虎视不宁安。
南界长城防魏秦，
漳水故道河北岸。
防胡南下北长城，
宣化高阙千里建。⑮

秦统一后长城

秦灭六国疆域宽，
始皇称霸一统天。
中央集权强国防，
战国长城增固连。
横跨三省两国界，⑯
临洮东延至朝鲜。⑰

百万民众血汗铸，
延袤万里雄壮观。

西汉长城

西汉匈强常扰边，
和亲仍然难宁安。
河西修城两千里，
令居酒泉秦城连。⑱
东段敦煌至平壤，
横跨四国越河山。⑲
长城列城两相加，
两万多里历朝冠。

北魏长城

北魏王朝拓跋建，⑳
统一北方领地宽。
都城选址建平城，㉑

契丹柔然东北犯。

修筑长城两千里，

赤城起端到五原。 ㉒

再修千里保首都，

河曲连至居庸关。 ㉓

北齐长城

北齐邺城国都选， ㉔

二十八年朝短暂。

豫冀鲁晋大片土，

突厥柔然契丹犯。

构筑长城近千里，

大同绵延山海关。

十年筑城三千里，

北周吞并城枉然。

隋长城

杨坚称帝隋朝建，
统一全国息战乱。
突厥契丹吐谷浑，
攻掠中原民不安。
隋朝七次筑长城，
动辄民工十几万。
掘修长堑两千里，
河津龙门至商县。㉕

金长城

完颜阿骨建政权，
立朝一百二十年。
首府会宁称上京，㉖
四个都城南方建。㉗
东北迁都到燕京，
西北蒙强成隐患。

两道长城先后筑，㉘
横穿六省里三千。㉙

明长城

明朝长城费时建，
两百多年不间断。
先后修筑十八次，
防御体系最完善。
老龙头延鸭绿江，
西端起点嘉峪关。
关外有关城外城，
全长万里惊世寰。

长城关隘

玉门关与阳关

敦煌南北两雄关，
丝路通道必经站。
抗击匈奴古战场，
汉代长城两千年。
沙石芦柳叠烽燧，
古城屹立戈壁滩。
北望长城如游龙，
大地苍茫人迹罕。

嘉峪关

黄土长城五百年，
天下第一壮雄关。
四城一壕巧构思，㉚

三楼东西连一线。

重关重城并守势，

关城层楼巍壮观。

祁连黑山南北峙，

河西走廊要道险。

铁门关

山丹卫城龙头山，㉛

晋代边防三门关。

明朝设壕堑柞叠，

虏骑出没警防犯。

关城附近东乐驿，

兵马屯驻防未然。

古居延塞似铁门，

山丹胜景铁居间。㉜

偏都口关

拦腰截断祁连山，
大斗拔谷势峻险。③③
甘青交通咽喉道，
河西走廊必经站。
两侧峭壁路狭窄，
祁连冰峰插蓝天。
金戈铁马隘口过，
举目四望皆惊叹。

萧关

声名远播陇山关，③④
襟连六盘牛营山。
关中通往塞外路，
山连诸峰势雄险。
匈奴火烧回中宫，③⑤
破关奇兵马踏践。

关城楼阁凌空飞，
威武雄壮载史栏。

偏关

西临黄河障北环，
东仰西伏偏头关。
自昔为戍守要地，
南北要冲争夺点。
四道边墙严固防，
三关并重鼎宁雁。㊱
黑驼山坳矗关城，
狼烟滚滚战事繁。

宁武关

京西重险宁武关，
关城高建恢河岸。
外三关口制中路，

控扼孔道设天险。
北城墙上筑暗门，
突出奇兵歼来犯。
宋代雁门十八隘，
西带偏保云朔连。

雁门关

南北要冲交孔线，
西陉之地叠峰峦。
两山雄峙夹隘口.
军事布防历朝严。
宋代大将杨令公，
代州刺史镇守关。
数千人马出奇兵，
大破辽军十几万。

平型关

瓶形垭口地势险，
咽喉要道矗雄关。
五台恒山南北峙，㊲
紫雁两关东西连。㊳
顺山脊上城险峻，
状如雄鹰高盘旋。
抗日大捷古战场，
平型岭关四海传。

娘子关

古驿要道苇泽关，㊴
娘子军守关名诞。㊵
湍急桃河城北过，
流泉飞瀑挂山涧。
晋冀天然险屏障，
依山就势长城盘。

明代筑城连一起，
天下第九关誉赞。

倒马关

内三关中最南关，
唐河谷地两城建。
倚山带水险隘口，
冀晋南北一线穿。
兵家必争多战事，
山路崎岖马行难。
马圈梁立六郎碑，⁴¹
镇守拒敌后人念。

紫荆关

京都西南藩屏险，
号称畿南第一关。
北拒马河山下流，

紫荆岭上关城建。

进入太行第七陉，㊷

居庸倒马两关连。

重大战事连京城，㊸

保卫京畿二防线。

八达岭

两峰夹峙地势险，

京张公路城门穿。

居庸外口前阵地，

屏障京都重防线。

群山巍峨长城雄，

居高临下攻破难。

八达岭名天下闻，

七十二景四重关。㊹

居庸关

天下九塞居庸关，⁴⁵
京城西北门户显。
外族攻关占北京，
八达岭口破天险。
溪谷关沟四十里，
木兰长城世人赞。
元代关内建云台，
雕刻经文美绚烂。

慕田峪关

北齐长城峻险段，
牛犄角边绕大弯。⁴⁶
劈开山峰入箭扣，⁴⁷
跃上千米鹰嘴巅。
曹操灭袁取此道，⁴⁸
徐达败元城下关。

关门三座空心台，
壁立四顾气非凡。

司马台

依山就势城蜿蜒，
气势磅礴雄壮观。
百余敌楼多形状，
望京楼上制高点。
遥望京城灯闪烁，
攀援天梯入云端。
山顶绝壁架天桥，
好汉越过人惊叹。

古北口

自古交通枢纽线，
北出通向大草原。
东军北口二守提，

虎白口称唐朝建。
明代古北修营城，
水上长城潮河间。
两座山口城连结，
三道水门铁壁关。

金山岭

卧虎岭间两金山，⑭
明修长城曲折盘。
楼台一百六十座，
形式各异有特点。
两座敌楼高险峻，⑮
京城灯光远眺见。
誉称第二八达岭，
林莽森森景色艳。

黄崖关

京东重镇古蓟县，

两山夹峙黄崖关。

丁字曲尺形街巷，

八卦阵城歼敌犯。

太平安寨要道口，

黄崖壁下设水关。

蓟州八景崖夕照，

景色极佳美壮观。

九门口关

蓟州镇东险地段，

唇齿相依山海关。

京东首关久盛名，

九条河横贯其间。

过河城桥奇独特，

水门九座波涛翻。

关城雄伟高数丈，
南来北往车马繁。

喜逢口

自古交通要冲线，
中原出关必经站。
石基砖墙连一体，
建筑结构独特点。
蓟北重地留传说，
父子喜逢关名诞。
长城脚下黄金台，
昭王求贤传千年。

山海关

南临渤海北燕山，
闻名天下第一关。
进出中原争要道，

明城蓟镇东起点。
防御体系固金汤，
关城设障壁森严。
山海灵秀名胜地，
军事文化珍遗产。

长城建筑

烽火台

西周王朝边境险，
游牧民族犬戎犯。(51)
国都丰镐受威胁，(52)
常遭袭击忧安全。
修筑座座烽火台，
距高沿线建骊山。
京城有急燃烽火，
各部诸侯来驰援。

列城 ⑤

防御工事小城连，
屯兵储粮固防线。
高大城墙作屏障，
悬崖深谷成天险。
春秋时期建列城，
长城雏型已初现。
汉代列城过黄河，
穿越河套达阴山。

敌台 ⑭

抗倭明将戚继光，
长城工事敌台创。
驻兵存粮藏武器，
躲雨挡风避暑霜。
遇警互相来救应，
放哨射箭御敌抗。

连体敌台建山口，
千座敌楼出城墙。

城墙

明代城墙高数丈，
铁壁横亘固金汤。
条石作基砖包砌，
中间碎石黄土夯。
保护将士坠下城，
墙顶内侧女儿墙。
瞭望射击方形洞，
外侧堞墙砌精良。

城堡 ⑤

长城内外设兵营，
城障屯兵住百姓。
四周掘出护城河，

城门之外筑瓮城。
五里一墩十里堡，
一方有急八方应。
构成长城犄角势，
军事防御体系成。

关城

万里长城千座关，
进出要道攻防点。
历代兵家筑关口，
设计周密结构严。
金锁门户御强敌，
内外三关战争演。㊱
军事重镇严把守，
大军压境滞关前。

因地制宜

万里长城修千年，
历代人民凝血汗。
军事防御奇工程，
巧用地形设险关。
山脊难越筑高墙，
悬崖墙断依天险。
就地取材巧布局，
科学施工人惊叹。

建筑奇迹

世界建筑奇迹创，
规模浩大壮辉煌。
雄峙重山峻岭巅，
飞谷越河到海洋。
艰苦卓绝排万难，
无穷智慧群力量。

勤劳勇敢华夏人，
伟大工程载史章。

长城文化

沿线文化

宏伟工程丰宝藏，
古老文明灿辉煌。
文物古迹世珍奇，
沿线文化绚篇章。
昭君出塞传千年，
文姬归汉史悲壮。
白登之围土木变，[㊗]
历史风云浮沧桑。

历史功绩

御外入侵保中原，
避免战乱生灵安。
巩固政权兴经济，
促进农业大发展。
屯田移民开边疆，
丝路畅通逾千年。
连接中西作桥梁，
东西文化交汇线。

千年工程

两千多年修不断，
历代总长里十万。
修城王朝二十多，
秦汉明代万里远。
古代长城九隘口，
闻名千年七名关。⑱

丝绸之路并肩行，
中外交往成驿站。

防御体系

城墙敌台主体连，
用险制塞因地便。
砖石土沙就地取，
险地要冲关隘建。
边疆险处设亭障，⑨
堡垒小城筑固坚。
烽燧边防两信号，⑩
限戎马足掘壕堑。

管理布兵

明代长城分段建，
划分九边分区管。⑪
沿城一线布重兵，

九大战区各十万。

层层节制配严密，

军事组织镇路关。⑥²

区别缓冲垛授兵，⑥³

长城戍卒早屯田。

千秋遗迹

千古巨龙神州盘，

万里雄风舞千年。

戍边将士洒热血，

骚人墨客豪情赞。

坚强不屈民族魂，

灿烂辉煌华夏篇。

丰碑国宝传后代，

锦绣江山固永远。

2000 年 2 月 19 日，于北京军都山。

① 防御八国筑防线：八国，即鲁、宋、陈、卫、郑、许、曹、齐等8个诸侯国。

② 西起竹山过汉水：竹山，即湖北省竹山县。

③ 最早方城大关口：在河南省方城县境内。我国现存最古老的长城是位于方城县东北12公里处的楚长城。

④ 临淄齐国都城建：临淄，今山东省临淄县。

⑤ 筑城防楚赵晋韩：楚赵晋韩，即楚、赵、晋、韩4个诸侯国。

⑥ 西起平阴向东走：平阴，山东省平阴县。

⑦ 终止胶南大朱山：胶南，山东省胶南县。

⑧ 鲜虞立国三百年：鲜虞，北狄民族中的一支。

⑨ 西秦南楚北戎连：戎，即犬戎族。

⑩ 西起岷县北至蒙：岷县，在甘肃省；蒙，即内蒙古。

⑪ 乐毅率军联五国：五国，即秦、楚、韩、赵、魏5个诸侯国。

⑫ 易水巨龙横燕南：易水巨龙，指易水长城。

⑬　西起造阳到襄平：造阳，在今河北赤城县独石口附近，一说在今怀来，即秦汉时沮阳县；襄平，今辽宁省辽阳市。

⑭　御胡国盛八百年：胡，即东胡，古族名。因居匈奴（胡）以东而得名。

⑮　宣化高阙千里建：高阙，内蒙古乌拉山与狼山之间的缺口。

⑯　横跨三省两国界：三省，即甘肃、内蒙古、辽宁；两国，即中国、朝鲜。

⑰　临洮东延至朝鲜：临洮，在甘肃省岷县；朝鲜，长城达朝鲜平壤西南大同江边。

⑱　令居酒泉秦城连：令居，今甘肃省永登县；秦城，即秦始皇长城。

⑲　横跨四国越河山：四国，即中国、蒙古、俄罗斯和朝鲜。

⑳　北魏王朝拓跋建：拓跋，即拓跋氏，鲜卑族的一支，以部为氏。公元 380 年，招跋王建立北魏。

㉑　都城选址建平城：平城，今山西省大同市。

㉒　赤城起端到五原：赤城，即赤城县，在河北省；五原，即五原县，在内蒙古。

㉓　河曲连至居庸关：河曲，即河曲县，在山西省。

㉔　北齐邺城国都选：邺城，今河北省临漳西南。

㉕　河津龙门至商县：河津龙门，今山西省河津县龙门；商县，今陕西省商县。

㉖　首都会宁称上京：会宁，今黑龙江阿城县白城。

㉗　四个都城南方建：四个都城，即东京辽阳府（今辽宁辽阳市）、西京大同府（今山西大同市）、北京大定府（今内蒙古宁城西）、南京开封府（今河南开封市）。

㉘　两道长城先后筑：两道长城，一道，叫明昌旧城，也叫兀术长城或金源边堡，位于今兴安岭西北黑龙江沿岸，长达千里；一道叫明昌新城，又叫金内长城，西起静州（今陕西省北部）。

㉙　横穿六省里三千：六省，即陕西、山西、河北、内蒙古、辽宁、黑龙江等六省。

㉚　四城一壕巧构思：四城，即内城、瓮城、罗城、外城；一壕，即城壕。

㉛ 山丹卫城龙头山：山丹，今甘肃省山丹县；龙头山：位于山丹县境内。

㉜ 山丹胜景铁居间：铁居，即铁门关、居延（古县名）。

㉝ 大斗拔谷势峻险：大斗拔谷，扁都儿山口是拦腰截断祁连山脉的一道峡谷，形势特别险峻，古称"大斗拔谷"。

㉞ 声名远播陇山关：陇山关，也叫萧关。

㉟ 匈奴火烧回中宫：回中宫，秦始皇巡视时修建。汉文帝前十四年（公元前166年），匈奴14万骑入朝那萧关，至彭阳（古县名），烧毁回中宫。

㊱ 三关并重鼎宁燕：三关，指外三关，即宁武关、雁门关、偏关。

㊲ 五台恒山南北峙：五台，即五台山。

㊳ 紫雁两关东西连：紫雁两关，即紫荆关和雁门关。

㊴ 古驿要道苇泽关：苇泽关，娘子关原名。

㊵ 娘子军守关名诞：娘子军守，唐太宗李世民的妹妹平阳公主，曾率娘子军镇守苇泽关，帮助唐太宗平定天下，自此，苇泽关称

娘子关。

④1 马圈梁立六郎碑：六郎，指北宋名将杨延昭，号称杨六郎。

④2 进入太行第七陉：第七陉，"太行八陉"中第七陉叫蒲阴陉。

④3 重大战事连京城：历史上紫荆关发生多次与争夺北京城有关的重大战事。十三世纪初，蒙古军攻金，金死守居庸关不得入，乃南下攻紫荆关，而后南北夹攻居庸关，最后兵临北京（金中都）城下，大肆掳掠而返。明正统年间"土木之变"，蒙古瓦剌酋也先率兵挟持明英宗，诈取紫荆关，直趋北京，为明军所败。

④4 七十二景四重关：四重关，即南口、居庸关、上关（已废）和北口四重关口。

④5 天下九塞居庸关：九塞，即大汾、冥阨、荆阮、方城、殽、井陉、令疵、句注、居庸。

④6 牛犄角边绕大弯：慕田峪左侧长城随山翻转，至一山顶突然下降，又突然升起，直到海拔940多米的地方，绕了一个大弯，形如水牛的大犄角，称之为"牛犄角边"。

㊼　劈开山峰入箭扣：箭扣，地名。

㊽　曹操灭袁取此道：袁，即袁绍。

㊾　卧虎岭间两金山：两金山，即大金山和小金山。

㊿　两座敌楼高险峻：两座敌楼，指仙女楼和望京楼。

51　游牧民族犬戎犯：犬戎，古族名，即畎戎。殷周时，游牧于泾渭流域，是殷周西边的劲敌。战国后称胡，以后又称匈奴。居住在今陕西省西部、北部，河北省和山西省北部、中部。

52　国都丰镐受威胁：丰镐，今陕西省西安市境内。

53　列城：指由一系列防御工事和小城连结起来的规模较大的军事防线。

54　敌台：万里长城上隔不多远高出城墙之上的砖砌方形敦台。又称敌楼，有两层的，也有三层的。16 世纪后半期明代抗倭明将戚继光创建。

55　城堡：即建筑长城内外驻兵的小城。只住官兵为"障"，如有居民，两者混合居住为"城障"。堡是明代的称呼。

㊶　内外三关战争演：河北省与北京市境内的内三关，即紫荆关、居庸关、倒马关；山西省境内的外三关，即雁门关、宁武关、偏头关（也叫偏关）。

㊷　白登之围土木变：白登之围，汉初，匈奴冒顿单于不断攻扰汉朝北方郡县。汉高祖七年（公元前200年），匈奴大军围攻晋阳（今山西太原），高祖率军30余万迎敌，被围困于平城白登山（今山西大同东北）达七日之久。后用陈平计，重赂冒顿的阏氏（皇后），始得突围；土木变，即土木之变，明英宗被瓦剌军所俘的事件。正统十四年（1449年）瓦剌贵族也先率军攻明。宦官王振挟持英宗率军50万亲征，至大同，闻前方小败，就惊慌撤退。后又要英宗"亲临"他的家乡蔚州（今河北蔚县），行军路线屡变，至土木堡（今河北怀来东）被敌追及。将士饥渴疲劳，仓猝应战，死伤过半，英宗被俘，王振也为乱军所杀。

㊸　闻名千年七名关：七名关，即山海关、

居庸关、平型关、雁门关、紫荆关、娘子关、嘉峪关等 7 关。

(59) 边疆险处设亭障：亭障，古代在边疆险要处供防守的堡垒，是长城的组成部分。障指一种特殊的小城。

(60) 烽燧边防两信号：烽燧，即烽火台，利用烽火、烟气传递军情的一种独立的高台子建筑。台上有守望用的房屋和燃烟、点火的设备。台下有士卒的住房、仓库和羊马圈等。沿长城，或者以长城为起点或终点修建，历史比长城要早。

(61) 划分九边分区管：九边，明北方 9 个军事重镇的合称。初设辽东、宣府、大同、延绥（榆林）四镇，继设宁夏、甘肃、蓟州三镇，又太原与固原以近边亦称二镇，合称“九边”。

(62) 军事组织镇路关：镇路关，明代长城九大防卫区叫镇，每镇有 10 万以上兵员；镇下面设若干小防区叫路，各路的兵员几千人到几万人不等；路以下设大小关城，每个关城都是长城上的一个据点，小关城兵员数十人至数百人，大关城兵员数百人至千余人。

㊼ 区别缓冲垛授兵：区别缓冲，凡长城外侧地势平坦，便于攀登，容易受到敌人冲击的地段，叫做冲处；凡长城外侧地势陡峭，难于攀登，不易受到敌人攻击，或敌人难以攻破的地段，叫做缓处；凡冲处，兵力配置就多些；凡缓处，兵力的配置就相对少些；垛授兵：就是以垛为单位，统一配置兵力，凡重要之处，每垛配置5个人，次重要处，每垛配置两三个人，再次者，一垛一人。

兰竹风

志愿

赤子从戎志纯单，
脱离苦海把身翻。
挥戈南北驱敌寇，
枪林弹雨真金验。
执着追求跟党走，
人类解放终身愿。
艰难困苦志不移，
必胜信念磐石坚。

奋斗

一生交党酬夙愿，
鞠躬尽瘁终身献。
部队军校到人大，
革命征途未解鞍。
黄牛知任勤奋蹄，
骏马履责永争先。
世界大同明心志，
共产主义天地宽。

责任

爱岗敬业常砺勉，
废寝忘食不知年。
恪尽职守高标准，
多思明辨重调研。
军旅生涯带精兵，
人民代表责更艰。

开拓创新献智慧，
天酬硕果心自甘。

笃学

读书学习终身好，
博学笃志心难老。
自勉求知下苦功，
学以致用怀略韬。
刻苦自学勤为径，
军校育人先师表。
四季攻读书万卷，
诗文吟撰等身腰。

考验

人生考验生死关，
临危险境见好汉。
身经百战险象生，

昏死醒来志更坚。
战斗胜败不畏惧，
勇者无敌气浩然。
暴风骤雨知劲草，
真理在胸英雄胆。

胸襟

寡欲无私心胸广，
宽人严己恒度量。
古今大事循原则，
涵高无怨明镜张。
襟怀坦荡常自省，
两袖清风正气香。
患难与共结良友，
五湖四海情意长。

兵情

献身国防铸长城，
严爱士兵系真情。
将军脚步军营走，
炽热动力涌基层。
加强建设强战力，
官兵同乐士气盈。
雄师劲旅高歌进，
伟大战士英雄兵。

俭风

优良作风传家宝，
艰苦朴素心记牢。
两个务必警钟鸣，
人民公仆本色保。
能上能下职务变，
生活待遇不求高。

艰苦奋斗育后代，
俭以养廉戒奢娇。

健康

苦海泡大幼磨炼，
戎马生涯强肌健。
劳卫锻炼多一级，
五谷杂粮吃习惯。
心胸豁达家和睦，
精神愉悦病不缠。
良好习惯成规律，
投身革命有本钱。

品德

坚韧刚毅桑梓天，
威武不屈正气轩。
英勇顽强战火铸，

赤胆忠诚熔炉炼。
为国为民无索取，
洁身自好利不贪。
军队品德党宗旨，
人民幸福天下安。

人格

家境清贫戎装穿，
保家卫国心无憾。
人遇挫折不弯腰，
艰苦磨砺意志坚。
万水千山不低头，
六负重伤勇向前。
公正无私泰山重，
神圣使命做奉献。

2000 年 10 月 10 日，于北京。

世纪回眸

二十世末纪开元，
把盏相庆酒微酣。
俯首沉吟百年事，
历史巨笔写方圆。
丧权辱国清政府，
风雨飘摇饥号寒。
辛亥烈士前赴继，
未能收拾旧河山。

五四运动马列传，
共产小组各地建。
南湖画舫碧波漾，
立党制纲赴国难。

一次合作兴北伐，
铁军神勇为先遣。
攻城略地敌败退，
三次让步长敌焰。①

南昌枪声震敌胆，
武装斗争旗帜鲜。
打响武反第一枪，②
人民军队由此诞。
秋收起义湘赣边，
农军转战到三湾。
整编部队上井冈，
星星之火势燎原。

古田会议放光芒，
人民军队宗旨建。
瑞金揭起新政权，
土地革命大发展。
红军壮大蒋难寝，

不御外侮打内战。
五次调遣喽罗兵，
围剿红军于湘赣。

消极御敌国门外，
被迫长征战略转。
湘江决战悲逝水，
红军锐减至三万。
主席运筹挥三军，
灵活机动斗敌顽。
放弃湘西逼贵州，
遵义会议挽狂澜。

四渡赤水敌阵乱，
乘机跳出包围圈。
长征二万五千里，
历尽艰险到陕甘。
日寇华北酿事变，
何梅协定丧国权。

瓦窑会议定方针，
全面抗日建统战。

蒋氏攘内至西安，
张杨逼蒋行兵谏。
和平解决扭时局，
一致对外弃前嫌。
卢沟桥冷月色残，
日军屠刀寒光闪。
浴血抗战烽火起，
男女老幼上前线。

片面抗战丢河山，
蒋令南撤民凄惨。
日军占领南京城，
杀我同胞三十万。
亡国速胜谬论断，
不切实际误国谈。
持久战略阐规律，

指明方向励信念。

敌后军民肩并肩，
广泛开展游击战。
平型关上大捷祝，
百团再赋新诗篇。
日帝侵华改策略，
蒋氏发动皖南变。
有理有利有节斗，
人民奋起讨敌顽。

整风运动喜空前，
错误思想大清算。
五湖四海团结紧，
治病救人艳阳天。
愚公移山克困难，
自力更生大生产。
南泥湾里辟天地，
陕北荒山变江南。

英勇抗战整八年，
日本投降无条件。
民族屈辱一朝洗，
由衰及兴转折点。
重庆谈判顺民意，
蒋氏阴谋原形现。
停战协定墨未干，
丧心病狂打内战。

十大原则破敌阵，③
仨月歼敌七十万。
敌遭败绩士气落，
全面进攻改重点。
胡匪侵犯陕甘宁，
三战三捷运动战。④
孟良崮上炮声隆，
七十四师被全歼。

刘邓大军渡黄河，
血战羊山鲁西南。
战略反攻序幕开，
千里跃进大别山。
西柏坡村遣兵将，
从容指挥大决战。⑤
逐鹿中原我胜利，
全国解放曙光现。

换马和谈苟残喘，⑥
划江而治阴谋险。
横渡长江占南京，
蒋家王朝被推翻。
十月一日庆建国，
万众欢呼红旗展。
主席城楼宣公告，⑦
革命江山万万年。

美帝封锁志更坚，

抗美援朝保家园。
三反五反防演变，
加强建设固政权。
一化三改总路线，
社会主义灯塔闪。
集中力量攻难关，
两弹一星升上天。

实事求是向前看，
治国理论眼界宽。
三步战略大计定，
初级阶段在实践。
改革开放兴三化，
民主法制日健全。
一国两制为统一，
港澳回归人民欢。

反腐倡廉固政权，
人心思定稳局面。

西部开发世瞩目，
东中西部齐发展。
中华崛起璀灿史，
仁人志士凝血汗。
我辈当励奋斗志，
与时俱进做贡献。

2000 年 12 月 31 日，于北京。

---

① 三次让步长敌焰：第一次国内革命战争时期，以蒋介石为首的国民党新右派分子，操纵国民党二大选举，并制造、抛出中山舰事件、整理党务案，掀起反共高潮，陈独秀一味妥协退让，致使中国共产党逐步丧失了对国民革命的领导权。

② 打响武反第一枪：1927 年 8 月 1 日，南昌起义打响了武装反抗国民党反动派的第一枪。

③ 十大原则破敌阵：指毛泽东同志提出的十大军事原则。

④ 三战三捷运动战：1947年，胡宗南精锐部队对陕甘宁边区展开重点进攻，人民解放军采用灵活机动的战术，分别在青化砭、羊马河、蟠龙地区三战三捷，宣告国民党对陕北重点进攻的破产。

⑤ 从容指挥大决战：指辽沈、平津、淮海三大战役。

⑥ 换马和谈苟残喘：1949年1月21日，蒋介石以"因故不能视事"为名宣告引退，由李宗仁担任"代总统"与中共谈判，妄图达到"划江而治"的目的。

⑦ 主席登楼宣公告：即《中华人民共和国中央人民政府公告》。1949年10月1日下午3时，毛泽东主席在天安门城楼庄严宣告，中华人民共和国中央人民政府已于本日成立，伟大的中国人民从此站起来了。

世纪钟声

塞北岭南夜无眠，
迎新辞旧翘首盼。
纪元钟声传神州，
银花火树映九天。
都市放歌赞盛世，
农家围坐话丰年。
游子爱国思乡浓，
统一强盛心里甜。
祖国强盛世人见，
五湖四海寄贺言。
雾飞雪落大风唱，
将士雄心守边关。
宇内世纪中国年，

宏伟大业鹏程展。

搏击云雨翱长空，

壮我祖国美家园。

2001 年 1 月 1 日，于北京。

血战顿庄追忆

双堆集西有顿庄，
四连昼夜筑城忙。
收紧罗网锁黄维，
强敌困饿犹逞狂。
平原坦荡无险据，
地平线下做文章。
鹿砦堑壕交通壕，
能打能防阵如钢。
困兽不甘伏刀斧，
步坦飞机伴攻忙。
左冲右突碰壁回，
四连越战越顽强。
英雄豪气吞山河，

不畏强敌打恶仗。

夺回宋庄反冲击，

冒敌炮火向前方。

堑壕对峙投弹远，

突入之敌消灭光。

跃出工事集火攻，

喷火敌兵把命丧。

以一当十战凶顽，

士气高昂敌惊慌。

核心阵地英雄连，

立功淮海谱新章。

模范党员翟大元，

重伤坚守在战场。

肠子露出不改色，

洒尽热血为解放。

全连战至十二人，

人人身上有战伤。

倒地昏死两小时，

四十二洞留帽上。

晚饭送来难下咽，
不见战友心悲怆。
阵地完好慰英雄，
猛虎四连威名扬。
五十三年梦萦回，
重返战地麦菽黄。
缅怀先烈励斗志，
革命历史不能忘。
抚今追昔多感慨，
社会主义灯塔亮。
保卫祖国警钟鸣，
喜看人民奔小康。

2001年5月14日，于安徽省宿县双堆集顿庄。

党旗

站在党旗下

凝望镰刀与铁锤

交织的金色图案

心中涌动着

《国际歌》的澎湃

仿佛听到奔扑光明的心声

仿佛听到为真理而斗争的呐喊

火红的颜色

是先烈的鲜血

是奋斗的青春

是忠诚的誓言

是点燃为真理而斗争的

共产主义火焰

镰刀铁锤红色

那是劳动者的音符

那是工农联盟的光荣

那是无产者革命的本色

镰刀是要割断那千年的锁链

铁锤是要砸烂那封建的牢门

火红是要

燃烧那黑暗的世界

解救劳苦大众于水深火热

党旗啊

在那漫漫长夜里

是你燃亮上海望志路

小楼的油灯

是你指引南湖红船的航程

你听革命大潮的呼唤

你经革命烈火的锻造

从南昌起义

到秋收暴动

从羊城鏖战

到井冈山星火燎原

从白色恐怖的阴霾

到瑞金彤红的朝霞

是你引领革命队伍前仆后继

无论是硝烟战火里枪林弹雨

还是白色恐怖下血雨腥风

扑灭不了革命的信念

迷茫不了前进的方向

漫漫征途

战无不胜

攻无不克

使你越发有着太阳的光明

使你越发增添生命力的强大

旗帜是灵魂

凝聚着一群群先锋队的战士

坚固着一个个战斗的堡垒

代表人民群众的根本利益

体现无产阶级的光辉思想
用鲜血汗水忠诚奉献
树立党绚丽光彩的形象

旗帜是方向
迎风招展
威武神圣庄严
充满理想信念希望
指引革命的队伍奋勇前进
无论是失败还是成功
无论是逆境还是顺境
从没有畏缩退却
狂风摧不垮
困难压不倒
从无到有
从小到大
从弱到强
革命情怀激荡
开拓创新进取

始终傲立时代的潮头

带领着全国人民

实现中华民族的宏伟目标

火红的党旗啊

是你聚集中华优秀的儿女

唤醒苦难的民众

带领全国人民坚持抗战

打败了日本侵略者

消灭了蒋家王朝

彻底解放被压迫的劳动人民

建立崭新的中华人民共和国

人民第一次成了国家的主人

共产党人进京赶考

决不是李闯王进城的"四十天"

七届二中全会清醒告诫全党

务必保持谦虚谨慎

艰苦奋斗的作风

警惕糖衣炮弹的袭击

永葆党旗的鲜艳与纯洁
把宗旨和誓言铭记

光辉的党旗啊
照耀着神州大地
哺育着纯洁的心灵
飘动着青春的朝气
闪耀着太阳的光芒
燃烧着集体的智慧
释放着无穷的力量
火红的颜色
最熟悉的标志
黑夜里你播种光明
照亮革命的前程
迷茫中你指引方向
给予希望和新生
在战斗的岁月里
不管子弹如何呼啸
不管路途多么遥远

不管斗争怎样复杂

都动摇不了

对你至诚的热爱

与坚定的信仰

革命者的豪迈壮语

共产党人的优良品性

永远鲜活在你缔造的队伍里

党的旗帜下

共产党员

冲锋在前

退却在后

轻伤不下火线

重伤不叫喊

共产党员

享受在后

吃苦在前

不怕艰难险阻

勇挑重担

每次在你面前

庄严地举起右拳
手心始终紧紧攥住的
是一个坚定的信念
对党忠诚
坚持真理
生死度外
无私奉献
中华民族的优秀儿女
用鲜血和生命
把党的光辉思想伸延

党旗飘飘
走来了张思德
走来了马宝玉
走来了赵一曼
走来了江姐
走来了董存瑞
走来了黄继光
走来了邱少云

走来了焦裕禄

走来了雷锋

走来了谢臣

……

变换的是年轮名字与挑战

不变的是理想信念和鲜艳

站在党旗下

我们看到

解放后的新中国

走出满目疮痍

走出贫穷落后

走出禁锢羁绊

伴着强劲的足音

走进新时代

屹立于世界民族之林

凝望党旗

看今朝中华大地

广厦千幢繁花玉树

朝霞漫天捷报飞舞

创新让祖国日新月异

乡村巨变特区崛起

经济和社会发展计划

绘制中华腾飞的蓝图

战鼓催春战歌嘹亮

全世界的目光

聚焦于古老的东方

令人感叹称奇

中国的崛起

中国的力量

有友谊也有信任

有挑战更有奋进

亲爱的党啊

八十年风雨

八十年辉煌

挑战和机遇

光荣和梦想

不论经历多少

困难和风险

不论付出多少

汗水和牺牲

永远和你在一起

宏伟的事业

必将千古留芳

神圣的丰碑

必将光照四方

因为撑起我们脊梁的是

人类共同的信仰

让我们迎着新世纪的曙光

高擎烈士用鲜血染成的旗帜

让我们深情地放声歌唱

没有共产党

就没有新中国

2001 年 7 月 1 日，于北京。

枪

握紧枪
就是握紧自己的第二生命
握紧枪
就是握紧祖国的安宁
握紧枪
就是握紧人民的幸福
握紧枪
就是牢记党的嘱托
把崇高的理想落实在行动上
握紧枪
时刻听从党召唤
枪杆子里面出政权

我们是革命的队伍

我们是人民的子弟兵

我们的原则是党指挥枪

从南昌起义开始

一直忠诚地紧跟党

为劳苦大众翻身解放

为中华民族的强盛

为世界的和平

为保卫人民幸福安康

蹈火赴汤险阻无挡

紧握手中枪

爱护手中枪

保家卫国防

坚固我长城

民富国又强

剑锋冲云霄

神箭射天狼

2001 年 8 月 13 日，于内蒙古自治区满洲里。

第三极

一

南极大陆巨冰盖，
北极冰洋寒冷赛。
青藏高原第三极，
风光奇异眼界开。
高寒灌丛草甸生，
草原荒漠坐垫苔。
独特地理十二区，[①]
高原地貌呈异彩。

二

世界屋脊巍然屹，

峻邋傲岸绝伦比。

山舞银涛翻江去,

马驰草原渺无际。

湖光山色透天彻,

峡谷幽深景称奇。

雪域高原物产丰,

千年华夏宝藏地。

2002 年 7 月 16 日,于西藏自治区日喀
则市。

---

① 独特地理十二区:指青藏高原按其自然
地理特点,可分为 12 个自然地区,即喜马
拉雅山南翼山地、川西高山峡谷、藏东高山
峡谷、藏南宽谷湖盆、青东山地、青南高原
宽谷、那曲丘状高原、羌塘高原、祁连山地、
柴达木盆地、昆仑山湖盆、阿里山地。

走进西藏

一

走进西藏
走进雪域高原
走进白白的云
走进蓝蓝的天
走进景色如画的
天堂人间

一座座冰岭雪峰
汇成雪的海洋
连绵不断
珠穆朗玛

雄踞地球之巅

这年轻的世界高原

蛮荒古朴的气息

空旷雄浑

本色自然

尽释原始的神秘

掀起震撼心魄的魅力

在那片古特提斯海

升腾的缕缕青烟

暮色苍穹

冰清玉洁

看秀色

惟有亲临其境

高山积雪融化

汇聚成无数奔流的江河

和众多的湖泊

交织成

水的锦绣

水的壮阔

雅鲁藏布江

西藏的母亲河

哺育着纯朴的藏族儿女

世代传唱英雄的赞歌

美丽如画的景色

波澜壮阔

圣山圣湖

朝圣者无数

顶礼膜拜

让湛蓝的湖水

照见心灵的深处

多么纯洁

多么美好

多么执着

湖泊中的岛屿

是鸟的王国

湖泊的周围

是水草丰美的牧场

成群的牛羊如云朵

悠悠地飘动

地广人稀的西藏

高寒缺氧

日照多温差大辐射强

干湿分明常夜雨

冬春干燥多大风

频繁的地壳运动

形成独特的自然景观

呈垂直分带

一天有四季

十里不同天

山上白雪皑皑

冰川林立

山腰绿树葱葱

林海莽莽

谷底流水潺潺

一马平川

这里有古老的原始森林

是世界上最大的

高山植物宝库

那迎霜盛开的雪莲

娇丽争艳

那喜寒耐氧的点地梅

如撑开的雨伞

人参三七红景天

蘑菇地皮紫龙胆

青稞糌粑向日葵

月季牡丹金达莱

天麻麝香藏红花

冬虫夏草名天下

药用植物千余种

食用菌类优鲜全

山荒缺氧能种田

这里是野生动物乐园

藏羚羊追着汽车跑

牦牛遍山腰

野驴在悠闲地啃草

马儿跑

鸡儿叫

鸟儿飞

天鹅沙鸥在舞蹈

熊猫逛竹林

虎狼朝天啸

明媚的天空

坦荡的原野

神圣的土地

群山绵延伟岸

土地广袤无限

无论你走在乡间城镇

还是步入牧场农田

到处是一片

山的海洋

舞的旋律

那奔放的民歌

那洒脱的舞姿

优美流畅
给人以古朴的亲近

海拔高
氧气少
自然生存环境煎熬
乐观的本性
劳动的欢乐
与大自然和谐相处
藏族的祖先
在河谷耕耘
在平原放牧
在林中狩猎
创造着辉煌的历史
蕴育着浓厚的文化
阳光普照
祖国的每一寸土地
造就了藏族儿女的博大胸怀
哺育了藏汉同胞的深重情谊

流传着无数的神奇

二

这是一个历史悠久的民族

至今仍流传着

猿猴变人的故事

古老的象雄文化

是璀璨的瑰宝

多彩绚丽

雅砻河谷

为藏族的发祥地

自从第一个王的出现

便有了吐蕃王朝的建立

末期佛苯争斗

王室内讧

奴隶起义

走向分崩离析

此后四百年贵族割据

土王林立

十三世纪中叶

八思巴建萨迦王朝

西藏重新统一

几经朝代更替

五世达赖进京顺召

授金印金册

清朝颁布钦定二十九条

对藏进行有效管理

政教合一的封建农奴制

延续到民主改革

至今留有遗迹

三

崇山峻岭

圣山圣湖

从奴隶到主人

还有那

晨钟暮鼓的宗教生活

给雪域高原

披上神秘的面纱

只要一踏上这片土地

随处可见的经幡玛坭堆

和金顶耀眼的寺庙

让人置身于浓厚的宗教氛围

大昭寺外

转早经的人流不断

布达拉宫香客云集

哲蚌寺上的信徒

不远千里而来

一步三磕头

三步九打功

虔诚跪拜

给佛添油上香

祈祷幸福吉祥

勤劳勇敢的藏族人民

热爱生活

历经磨难

在同大自然的斗争中

发展形成了自己

独特的藏文化

松赞干布时期

开创文字先河

藏文《大藏经》

中外驰名

仓央嘉措的情歌

流传世界

名著《西藏王臣记》

颇具文采

民间文学《格萨尔王传》

是世界上最长的史诗

以歌舞形式

表现故事内容的藏戏

流传至今

藏医藏药天文藏历

成为祖国文化宝库的奇葩

金灿的楼台

巍峨的宫殿

折射出劳动人民智慧的光华

精美的雕刻壁画

回响着历史的乐章

赋予你无穷的想象

千年的文化遗产

给人们留下的

是精华与糟粕共存

金玉与泥沙俱下

只有科学地梳理

才能更好地发扬光大

四

雄伟的喜马拉雅

这片被奉为神明的"净土"

并没有阻挡住

侵略者的脚步

那个号称"日不落的帝国"

罪恶的魔爪

先是拆完周围的篱笆

进而开进西藏

炮击隆吐山

江孜血战

连布达拉宫也未逃劫难

西姆拉会议

又炮制了麦克马洪线

阴谋虽未得逞

半个世纪后

却为此引发了一场战争

当蒋家王朝逃至台湾孤岛

反动的农奴主认为时机已到

借助外国势力闹独立

毛泽东指示

分裂祖国决不容

进军西藏宜早不宜迟

昌都战役如霹雳

歼灭反动势力

签署和平协议"十七条"

解放百万农奴

脱离帝国羁绊

实行区域自治

现行制度不变

尊重宗教信仰

发展农牧工商

藏军逐步改编

外交国防中央来办

解放军进藏

红旗插到了喜马拉雅山上

部队进藏途中

尊重民族信仰

不拿一针一线

不损一石一木

边进军边修路

抓建设搞生产

拓荒建农场

开通川藏青藏滇藏线

平叛改革反击侵略

保卫国防维护民族团结

涌现了一系列

"高原红色边防队"

"钢铁运输班"

"爱民模范"

做出不可磨灭的贡献

山那边的邻国

步尘了帝国的衣钵

不断蚕食我领土

边境自卫反击战

粉碎了

一切想把西藏

分裂出去的阴谋

五

霸权主义岂能甘心

利用西藏大做文章

别有用心

世人昭昭

事实胜于雄辩

昌都卡诺遗址的发现

证明汉藏历史源远流长

唐朝文成公主进藏

"和同为一家"

拉萨广场长庆碑

镌刻铭记着"社稷如一"

以此昭示天下

元朝作为一个行政区域

正式纳入中国版图

明清以来汉藏更加紧密
中华人民共和国的成立
西藏和平解放
使藏胞回到新中国的怀抱

历史的真实不可更改
西藏是中国的西藏
一切不合历史潮流的阴谋
一切不顺应民心的举动
都终将失败

六

民主改革前的西藏
是三大领主的天堂
他们倚仗封建特权
私设公堂监狱
农奴倍受剥削压迫
乌拉差高利贷

和人身依附

是束缚农奴的三根锁链

农奴们饥寒交迫

纷纷起来斗争和反抗

要求改革的呼声

一浪高过一浪

拉萨平叛后

西藏进行改革

人民当家作主

砸碎旧的枷锁

百万农奴解放

分得土地和牛羊

他们第一次举起庄严的手

选举了自己的乡长县长

手持羊鞭的儿童

纷纷走进学堂

苦难深重的农牧民

实现了他们世代企盼的梦想

这些刚获得自由的人们

在田间村头
燃起篝火
跳起锅庄
彻夜无眠
曼舞狂歌
欢喜的泪水
打湿了褴褛衣衫

民主改革的胜利
是对反动派的致命打击
是西藏人民的胜利
是划时代的伟大转折
历史完成跨越
人民乘上社会主义快车

社会主义建设
发生了天翻地覆变化
改革开放
形势喜人

各类产业稳步增长

重点工程效益显著

城乡居民生活改善

科教兴藏迈开大步

七

如今的西藏

处处展现一派新气象

公路网盖全区

银鹰穿梭机场

进藏铁路又展大动脉

机器轰鸣施工正忙

千年的藏医藏药

焕发奇异之光

传统的手工艺品

市场前景看好

涌现出更多的卡垫之乡

围裙之乡陶器之乡

红景天人参果

食用菌矿泉水

这些具有高原特色的

绿色食品

广泛打入国际市场

羊八井地热电站

已成为试验基地

安多光电站

全国大型第一

邮电通信飞速发展

实现向数字化多样化的转变

随着经济的不断增长

一座座现代化城镇

如春笋般崛起

从电视塔顶层鸟瞰

楼群鳞次栉比

街道宽达通畅

林廓路上

赶场的人群熙熙攘攘

一股商潮拥入其间

平添一片繁荣和热闹

那袅袅白烟的桑火边

依依牵人的杨柳下

货摊林立生意火爆

大街小巷

南来北往的各色货车

将这里的木材羊毛皮张

运向祖国的四面八方

拉萨的摩托

可与海南广东媲美

市区的出租车来来往往

有名的宗角禄康市场

是个四季常青的世界

菜源充足购销两旺

冬春之际

摆满河北的鸭梨

海南的香蕉

夏秋之际可买到广西的菠萝

新疆的葡萄

"一江两河"工程硕果累累

前进的丰碑遍布藏南藏北

昔日的日喀则

已建成"西藏的粮仓"

樟木口岸

边贸繁忙

普兰

往来国内外客商

一座座水库大坝

横跨在雅鲁藏布江上

那威猛英武之势

给古老的土地以现代的风采

过去荒芜的土地种草造林

奄奄一息的老果园

又奇迹般地焕发青春

你也许听说过

良种村的故事吧

他们转变观念科学种田

为适应城镇经济发展

搞运输服务蔬菜种植

或进城开店

民族产品出口创汇

远销国外闯市场

成为新的经济增长点

一个个致富起来的村庄

构成一道道亮丽的风景线

走到牧民家里访一访

一座座藏式新房拔地而起

飞檐雕梁富丽堂皇

室内装修华丽彩画绘壁

藏胞身穿艳丽的服装

告别了土坯睡上木架床

配备沙发电器大衣柜

普通人家用上金碗银杯

石油天然气

代替了点火的牛粪

高压锅铝壶成为生活必备

人们用手机互通信息

去罗布林卡看戏

去那曲赛马

去拉萨逛城

幸福的生活

像青稞酒一样甜美

如奶茶一般香飘万里

今天西部开发

正是人民的愿望

富裕起来的西藏人

不断创新奋进

追随时代的步伐

将传统和现代紧紧拥抱

掀起高原强劲的春风

让世界的每个角落都能感到
在新世纪的征程里
西藏会变得更加美好

2002 年 7 月 18 日，于西藏自治区拉萨市。

军旗

八一军旗
镶嵌着金色的"八一"
这是建军的纪念日
这是南昌起义的枪声
这是创造了自己的革命武装
这是揭开武装
反对国民党反动派的
历史新页

金色的五星
把金色的"八一"辉映
标志党对人民军队的
绝对领导与创立

鲜艳的红色

是革命的本色

旗杆的红黄旋纹

顶部红缨枪的矛头

饰着红穗

是人民军队由来的标记

鲜红的军旗

集合着工农的武装

人民的军队

引领着前进的方向

为亿万劳苦大众的翻身解放

为夺取无产阶级的革命政权

为共产主义伟大理想的实现

无数革命战士

用青春热血

用宝贵生命

染满军旗的红艳

透出军人的威严

肩负神圣的使命

听从党的召唤

无论暴风骤雨

无论腥风血雨

鲜红的军旗

始终迎风飘扬

革命未竟

高举前进

生命不息

战斗不停

无不标志革命的本色

无不显示军人的斗志

无不展现神奇的力量

无不表达赤胆的至诚

在那黑暗的旧中国

山河破碎

民不聊生

苦难的同胞

在死亡线上挣扎

是人民的军队

英勇奋战

解救劳苦大众于水深火热

南昌起义的枪声

秋收暴动的号角

铸造着军旗的魂魄

井冈山的火种

延安窑洞的灯光

映照着军旗的光荣

庄严的军旗

迎着枪林弹雨

引领多少革命战士

前赴后继

百折不挠

穿乌云

踏恶浪

打倒了日本帝国主义

战胜了国民党反动派
推翻了压在人民头上的
三座大山
取得了无产阶级的革命胜利
在那革命的征途
在那战斗的阵地
高擎军旗
以排山倒海之势
灭敌气焰
长我士气
从抗日烽火到三大战役
从西柏坡到北京城
从旧中国到新中国
无数革命战士用鲜血和生命
为军旗添彩增色

英雄的军旗啊
你是飘燃大地的革命烈火
熔炼着一支革命的队伍

铸造出千千万万中华优秀儿女

只要看到你鲜红的颜色

只要看到你屹立的英姿

就会增添无比的力量和勇气

当冲锋的号角响起

跃出战壕

不会犹豫

机智果敢

横刀立马

英勇杀敌

所向披靡

搏出人生意义

壮丽的军旗啊

脚踏着祖国的大地

背负着民族的希望

从胜利走向胜利

飘扬在人民军队成长的

征途与阵地

岁月悠悠

你无论何时何地

无不放射着革命的光芒

坚守着对党的信仰

培育着伟大的战士

闪耀着为人民服务的思想

张思德董存瑞

邱少云黄继光

谢臣雷锋

英雄的名字闪金光

一代代革命的战士

始终牢记宗旨

密切联系群众

永远心向人民

不怕流血牺牲

不忘艰苦奋斗

开创未来

奋发图强

这是党指引的方向

这是军旗飘扬的神韵

不朽的军旗啊

永远高高飘扬

战士的使命

军人的荣光

坚持本色"不变质"

铸造精兵"打得赢"

保祖国卫和平

筑起一道牢不可破的

钢铁长城

看吧

军旗飘飘

万马奔腾

战舰入海

导弹升天

铁甲驰骋

鹰击长空

人民军队勇往直前

革命征程
再立新功
用青春热血忠诚
捍卫军旗的尊严
永葆江山万代红

2002 年 8 月 1 日，于安徽省安庆市长江
大堤。

亲近文化

文化词出，源于《易经》；

知德法艺，涵盖广容。

文艺复兴，欧资奠定；

民主革命，"五四"新风。

先进文化，东方巨龙；

学文习武，心系国盛。

行军打仗，开路先锋；

识字三千，俘虏点清。

苦读自学，初中高中；

军大党校，教授文凭。

勤笔著书，其乐无穷；

书海酷读，心驰历程。

深层文化，学识练兵；

智慧结晶，宽容自省。

指点地图，世界在胸；

国际交往，地阔海空。

文化环境，缤纷异呈；

观念更新，窗户心灵。

东西南北，万紫千红；

社会活动，国是意浓。

爱民访友，真挚谊情；

高尚智乐，童真永生。

音乐影视，娱乐轻松；

旋律优美，陶冶操行。

全民体育，健康活动；

面向未来，美德相承。

民族文化，优良传统；

法治德治，相辅相成。

政经文化，相互交融；

科教兴业，服务大众。

发展教育，中华振兴；

德智体美，社会安宁。

民族精神，爱国支撑；

博大精深，中华文明。

大同锦绣，文化铸融；

凝聚民心，祖国繁荣。

2002 年 10 月 10 日，于北京。

热爱和平

红缨在握，儿童团员；
查条捉特，反对封建。
烽火少年，勇斗敌顽；
小兵戎装，天真乐观。
化装侦察，炮楼遇险；
沉着机智，游击队员。
危急关头，冲锋在先；
退却殿后，无畏勇敢。
轻伤战斗，重伤不喊；
吃苦在前，攻关排难。
千里跃进，渡河首船；
横扫蒋匪，羊山血战。
大别山区，生活艰难；

行军打仗，家常便饭。

淮海决战，命运攸关；

敌败我胜，战局扭转。

打过长江，攻破天险；

救民水火，推倒三山。

蒋家王朝，落荒台湾；

英勇战斗，地覆天翻。

云贵康川，万里追歼；

成都会战，稳操胜券。

征粮剿匪，建设政权；

恢复秩序，保证生产。

抗美援朝，大军出川；

保家卫国，热血青年。

守卫宝岛，击败霸权；

誓保领土，反击凯旋。

谦虚谨慎，不骄为先；

渴望幸福，热爱家园。

艰苦奋斗，戒奢倡俭；

文明繁荣，大同实现。

站岗放哨，心甘情愿；

军民联防，强国固边。

革命军人，无私奉献；

居安思危，不要战乱。

独立自主，国家尊严；

世界和平，人类发展。

社会进步，历史明鉴；

时代潮流，不可阻拦。

铲除祸根，任务巨艰；

道路曲折，曙光在前。

祖国人民，重于泰山；

伟大战士，和平诗篇。

巩固国防，重任在肩；

钢铁长城，光耀宇寰。

2002 年 10 月 11 日，于北京。

珍珠港

珍珠港

和她的名字

一样美丽

在瓦胡岛南岸

是太平洋舰队基地

每一个来此观光的游客

无不思考一个同样的问题

规模巨大的太平洋战争

为何从这里发起

透过历史的烟云

那场教训

足以让世人思索

麻痹大意放松警惕

使强大的太平洋舰队

遭到致命打击

其实战争的种子早已埋下

为了战略物资

切断石油供应线

冻结资产和长期的绥靖政策

助长了侵略者的掠夺野心

最后的谈判

注定是失败

讨价还价

无非是为了赢得时间

华盛顿已感到

逾期将会有"不测风云"

却公然被日军

准备南进的行动迷惑

过分相信自己的军事准备

过分依赖自己的战略逻辑

做出错误估计

把防御重心放在菲律宾

忽略了夏威夷

纵使"世界上最坚固的堡垒"

也会出现缝隙

阴谋正悄然实施

地狱之门已经开启

美国人还在梦中

这是一个永远

让他们感到耻辱的日子

1941 年 12 月 7 日星期天

风和日丽波浪不起

人们还沉浸在周末的欢愉

教堂悦耳的钟声越过港口

飘进千百万个天窗

军旗队等候升旗的信号

突然间

机枪扫射声

炸弹呼啸声

鱼雷爆炸声

交织在一起

燃烧的碎片飞向空中

数以千计的水兵

还以为在演习

直到港口滚滚浓烟

轰响震天

才看清飞机上刺眼的太阳旗

惊魂未定的高炮

开始反击

于是传出那份

著名的紧急报警电报

"这不是演习，

珍珠港遭到袭击。"

无数水柱升起

一团团火球射向天空

静泊于港口的舰船

和停降在机场的 231 架飞机

顿时陷于火海

四千多人伤亡

空袭使美国决策者

感到震惊

空袭激怒了美国人

第二天向日本宣战

从此太平洋战争爆发

加速了日本军国主义的失败

历史在这里思考

那沉没于海底的

"桑利亚那"号战舰

仿佛在把那场

惨痛的教训

默默诉说

纵容军国主义侵略扩张

使自己反吃苦果

忽视情报如坠迷雾

战备松驰受制于敌

到了珍珠港

如同上了一堂国防课

不宣而战是帝国主义的惯例

在和平的日子

切莫放松警惕

为了祖国的安全

要增强现代战争的能力

历史的教训必须牢记

时刻要准备

快速应变反击

确保万无一失

2002 年 10 月 18 日，于美国华盛顿。

反霸权

强权政治在发展,
军事干涉更频繁。
经济制裁施封锁,
文化渗透促演变。
侵略掠夺挥大棒,
别出心裁谬论编。
颠倒黑白乱天下,
说三道四挑事端。
扶持拉拢小兄弟,
软硬兼施送橄榄。
张牙舞爪耍手段,
独霸世界野心现。
二等公民奋觉醒,

争取自由盼晴天。
和平发展是主流，
全球人民反霸权。

2002 年 10 月 24 日，于美国休斯敦。

西餐

一

一日三餐成习惯，
各地菜肴有特点。
蛤肉杂烩在东北，
飞禽肉饼宾州见。
西南擅长烤肉排，
夏威"波伊"山芋甜。
南方玉米馋煞人，
斯州浓汤美味鲜。

二

饮食偏重香甜咸，
大同小异单调显。
果酱面包烤香肠，
咖啡加奶例早餐。
蔬菜鸡蛋三明治，
沙拉烤肉午餐单。
丰盛晚饭是正餐，
冷饮果汁浓汤鲜。
主菜肉排炸虾鸡，
黄油蔬菜面包饭。
甜点水果冰淇淋，
咖啡矿泉聊聊天。
正式宴会两三道，
比起中餐差一点。

2002 年 10 月 25 日，于美国旧金山。

防演变

华夏百年频遭欺，
外忧内患血泪史。
共产党建露晨曦，
唤醒大众三山移。
新中国诞人民喜，
红色江山血凝聚。
社会主义民福祉，
永不变色千秋计。
大树欲静风不止，
前进道路多折曲。
意识形态存差异，
霸权主义搞单极。
指划全球蛇吞象，

共运低潮强心剂。

东欧剧变苏解体，

悲剧重演合彼意。

视我崛起肉中刺，

武装入侵头碰壁。

和平演变迷梦痴，

政治经济斗争激。

人权宗教双簧戏，

两重标准随意施。

文化渗透销垃圾，

军事炫武角遍及。

外交无赖唯利己，

售台武器阻统一。

五支毒箭全出击，①

中华大厦巍然立。

五洲风云变不惧，

威武不屈有骨气。

爱国主义好传统，

先进理论学牢记。

思想舆论主阵地，
擦亮双眼穿谜底。
政治风波教训汲，
基础坚固壮经济。
文化物质造精品，
铸牢金盾尊自立。
自身建设莫小视，
久安腐化变质易。
千里堤溃因穴蚁，
伟人英明有远虑。
告诫全党两务必，
艰苦奋斗又谦虚。
时时温习明深义，
振兴中华靠自己。
党的建设强有力，
核心领路斩荆棘。
为民服务全心意，
群众拥护铜铁壁。
依法治国文明治，

惩办腐败纯肌体。
人民军队是柱石，
听党指挥职能记。
确保打赢提战力，
保卫和平挫强敌。
提高素质倡学习，
科学技术添飞翼。
不断发展硬道理，
万众同心谁能敌！

2002 年 10 月 30 日，于北京市。

---

①　五支毒箭全出击：五支毒箭，指霸权主
义为实现其图谋在政治、经济、军事、文化、
外交五个方面采取的和平演变伎俩。

走进西柏坡

走进西柏坡

徜徉在历史的长河

找寻那段不朽的岁月

感悟中华民族的精神与魂魄

当古老华夏大地上的红色激流

带着秋收起义的星星之火

带着黄洋界上的隆隆炮声

带着雪山草地的艰难跋涉

带着黄土高原蓝花花的高亢清音

来到这太行深处

一个最普通的小山庄

这里便开始声名远扬

成为搏动中国革命的心脏

成为导演最威武雄壮

战争活剧的指挥所

一部《土地法大纲》

铲除了封建社会的根基

让农民紧锁了几千年的眉头舒展

脸上绽放出由衷的笑容

"耕者有其田"

多少年来充满理想色彩的梦想

终于在镰刀斧头的旗帜下实现

农民得翻身

拥政更支前

人民力量无穷

军民团结如一

足可以拔山填海

让黑夜去得更疾

让东方绚丽的曙光来得更快

伴随着小山村土屋中明亮的灯光

伴随着老槐树下石磨低沉的吟唱

传向四面八方的是红色的电波

山海关外

走出"关门打狗"的妙棋

千里淮海

打赢"以少胜多"的决战

人民战争

创造平津绥远"三种方式"

谁见过这样的战争画卷

谁具有这样的英明韬略

惊雷震空长风烈烈

红旗漫卷气壮山河

当人民共和国呼之欲出

当人民的领袖将要踏进古都

一代伟人再次表现出远见卓识

把进京比作"赶考"

告诫全党

务必继续保持

谦虚谨慎不骄不躁

艰苦奋斗的作风

警惕"糖衣炮弹"的进攻

这正是革命者的胆略和气魄

这正是开拓者的胸怀和抱负

这正是创业者实干兴邦的写照

这正是领导者严格自律的铭言

这就是照亮共和国航程的

指路明灯

今天走进西柏坡

当年凹凸不平沙石飞溅的泥土道

变成了宽畅整齐平坦如砥的水泥路

但见杨柳依依

梨花怒放

青松滴翠

碧波荡漾

多少人来到这里

是为了听讲

最生动的一课

获得营养和力量

西柏坡

新中国蓝图在这里绘就

共和国大厦在这里奠基

你是充满激情的地方

你有讲不完的动人故事

你在朴素中透着慈祥

你在平淡里带着威严

人们敬仰你

伟大的革命精神

人们向往你

党的红色指挥所

人们歌颂你

不朽的功勋

在这里

碧水青山

纵然有西湖般的景致

也只是小山村的陪衬

现代建筑

纵然有大都市的风采

也只是小院落的烘托

因为人们来这里

是想做一个赶考者

面对市场经济的大潮

面对社会的飞速发展

面对霸权主义的"和平演变"

跳出历史的"周期率"

有中国共产党的领导

李自成的"北京四十天"

岂能重演

无产阶级政权

决不会昙花一现

警钟要长鸣

发扬优良传统和作风

永葆社会主义江山万年红

2003年4月12日,于河北省平山县西柏坡。

军校杂咏

一

北望京城有燕山，
南眺黄河漳卫环。①
东邻渤海天津市，
西依太行井陉关。
交通枢纽大十字，
政经文化中心点。
陆军学院名校城，
省会西山境鹿泉。

二

荒坡秃岭缺水源，
白手起家苦奋战。
新型军校东方屹，
气势雄伟颇壮观。
布局合理科学管，
设施配套功能全。
鸟语花香景怡人，
模范学校春满园。

三

横山万亩十二峰.
昔日黄蛟变绿龙。
松柏青翠八大景，
庭院路旁百花迎。
东雅西雄中区静，
南齐北幽湖桥亭。

生龙活虎演兵场，

环境育人润无声。

四

南北称道东西路，

纵横交错似彩练。

整齐划一分五区，②

动脉连接支血管。

学习生活重养成，

方便学员效益显。

山峦叠嶂军威壮，

媒体网络眼界宽。

五

开创育人方向明，

抗大精神凝忠诚。

教学先进质量兴，

办学队伍过得硬。

德智体能精心铸，

现代教育改革浓。

从严治校保中心，

将军之路足下行。

2003 年 4 月 18 日，于石家庄陆军学院。

---

① 南眺黄河漳卫环：漳卫，指漳河、卫河。

② 整齐划一分五区：五区，走进 5400 亩
的校园，12 个山头，纵横交错的道路，像缎
带似彩练，把学院分成了办公区、教学区、
训练区、宿舍区、服务区等五个功能区。它
们又像主动脉连接着支血管一样，连结着无
数条小路，伸向学院的各个关节部位。

忠诚

忠诚是一种感情

忠诚是一种德行

忠诚是一个人的良心

忠诚是一个人的真情

忠诚是理智的选择

忠诚是灵魂的心声

忠诚是纯洁的追求

忠诚是博大的心胸

忠诚是松梅兰竹的傲骨

忠诚是舍身忘我的境界

忠诚是坚定扎实的脚步

忠诚是情浓意切的赤胆

忠诚是感天动地的人生

胸装理想

心怀民众

无私无畏

正大光明

忠贞不渝

意志坚定

自觉实践

对党对祖国对人民对军队的

无限热爱和忠诚

这种忠诚

有鲜明的党性

有强烈的阶级性

有深厚的民族性

这种忠诚

饱含着爱与恨

饱含着家与情

这种忠诚

需要英勇顽强去战斗

需要流血和牺牲

这种忠诚

正是我奋发革命的初衷

正是革命使我对忠诚更加坚定

这种忠诚

是我奋斗的明灯

说老实话

办老实事

做老实人

淡泊名利和地位

全心全意地为人民服务

无私无畏奉献一生

这种忠诚

让我人生的意义似火红

使我人生的快乐如泉涌

对党忠诚

对祖国忠诚

对人民忠诚

对事业忠诚

高瞻远瞩

顾全大局

忍辱负重

永不言悔

鞠躬尽瘁

践新砺行

生的伟大

死的光荣

这才是

忠诚的无产阶级革命战士

要谱写的

真正人生

2003 年 7 月 1 日，于北京。

我的诗歌

我的诗歌

我心中的歌

我生命的歌

不为展示艺术才华

不图表白儿女私情

不求浪漫情调

不喜无病呻吟

不故弄深沉

不追名逐利

讲究直意纯真

我抒发的是

历史的厚重与深思

我表达的是

对党对祖国对人民对军队的
热爱与真诚
因为
我是一名
中国人民解放军的老战士
我是一名
中华人民共和国的将军
我是一名
人民的勤务员
我深深地爱着伟大的祖国
我深深地爱着伟大的军队
我深深地爱着伟大的人民

我的诗歌
歌唱我喜爱的事
党事
国事
军事
革命事业里的点滴之事

我的诗歌

歌唱我喜爱的人

战友

官兵

人民

鱼水情深的父老乡亲

我的诗歌

我的歌唱

我的喜爱

歌唱伟大的祖国

喜爱大好的山河

喜爱领疆的热土

歌唱勇敢勤劳智慧善良的人民

喜爱田园的劳动

喜爱原野的清香

歌唱中华民族悠久的历史

喜爱丰厚的中华民族文化

喜爱读书与学习

歌唱英雄的人民军队

喜爱伟大的战士

喜爱钢铁的军营

歌唱火热的战斗生活

喜爱官兵的五湖四海之情

喜爱艰苦朴素与团结奋进

这是我歌唱的情

这是我喜爱的歌

我的诗歌

我的歌唱

直抒我的胸襟

直表我的真情

字字心血

句句挚诚

我的诗歌

我的身影

我的心声

我的战斗

我的人生

少小扛枪出家门

一心跟党干革命

追求真理志不移

牺牲奉献自觉行

诗歌是我战斗的足印

诗歌是我奋发的历程

诗歌是我心路的写照

诗歌是我实践的体验

诗歌是我历练的见证

诗歌是我出生入死的收成

诗歌是我交给党和人民的答卷

诗歌是我无怨无悔的人生

我的诗歌

我的喜爱

我的性情

我喜欢坚定

我喜欢直率

我喜欢忠诚

我喜欢朴实

我喜欢扎实

我喜欢真实

我喜欢英勇

我喜欢顽强

我喜欢无畏

我喜欢攻难

我喜欢创新

我喜欢奉献

我喜欢点滴做好

我喜欢自始至终

我喜欢坚韧不拔

我喜欢永往前行

我喜欢革命气节

我喜欢磊落光明

我喜欢民族魂魄

我喜欢铁骨铮铮

往事难忘

难忘童年的艰难生活

难忘革命的战斗岁月

难忘为国捐躯的英烈

难忘风雨拼搏的征程

难忘生死与共的战友

难忘祖国大地的恩情

诗歌是我深切的怀念

诗歌是我纯真的热忱

诗歌是我无比的崇敬

诗歌是我永生的激励

诗歌是我热血的涌动

诗歌是我刻骨铭心的记忆

诗歌是我声情并茂的倾述

我的诗歌

我的歌唱

我的诗歌歌唱党

党旗鲜红

指路明灯

我的诗歌歌唱祖国

繁荣富强

欣欣向荣

我的诗歌歌唱军队

钢铁长城

战无不胜

我的诗歌祝福人民

幸福安康

永享太平

我的诗歌

歌唱真理

歌唱光明

歌唱新时代

歌唱奋发的人生

歌唱永远向上的革命精神

歌唱宏伟大业万古长青

2003 年 7 月 1 日，于北京。

伟大的战士

无名花

战场的空旷与寂静

覆盖了刚刚逝去的

呐喊与嘶鸣

弥漫着壮烈搏斗后的血风

青春花季的战友啊

用宝贵的生命

演绎出撼天动地的壮歌

留多少激励后人的豪情

为人民的幸福

为祖国的昌盛

这七彩之梦的追寻

是先烈灵魂与信念的支撑

英雄的花儿绽放

晶莹而血红

前赴后继的战士

无尚光荣

祖国母亲

乳汁的滋养

力量的源泉

民族的尊严

蓝天大海

梅竹松柏

无不把中华儿女的

赤诚表露

是革命成功的不朽与新生

光荣的花儿绽放

明亮而闪烁

百折不挠的将士放情歌唱

军队长城

牢固的柱石

安定的保障

和平与幸福的希望

硝烟胜利

建设前行

无不谱写你的

奋进与忠诚

奉献的花儿绽放

玲珑而璀璨

无私的战士

无怨无悔的奉献

是你永生的心愿

人民后盾

坚如磐石

众志成城

沐浴春风

纯朴无私

忘我牺牲

无不历练你的

伟大与品行

不朽的花儿啊

绚丽多彩

芬芳娇妍

革命的情怀把你培育

战士的心血把你浇灌

军人的志向把你催发

国防的绿色把你装点

清香四溢春意盎然

腥风血雨无惧

严寒酷暑更坚

牢记的是

母亲的嘱托

祖国的召唤

军队的使命

事业的重担

火热的生活

战斗的伙伴

情真意切的情怀

绽放永远

无名的花儿啊

英雄的花

光荣的花

奉献的花

不朽的花

青山不遮

日月不灭

根植在沃土

迎笑于蓝天

净化着心灵

升华着情感

铁马金戈

身经百战

青山黛染戎衣绿

孕育伟大与非凡

雪雨风霜砺傲骨

东西南北炼人生

阳光雨露多滋润

片片花瓣总是情
赤橙黄绿青蓝紫
万翠丛中耀眼明

丰碑
从来就没有一种石头
像你一样
质坚滚烫灼热
宛如巨柱
直立擎天
从来就没有一种颜色
像你一样
鲜艳纯正灿烂
犹如火炬彤红
照耀未来

碑石本无奇
至斯胜玉圭
长剑倚天立

傲然耸巍巍

英烈忠骨在

山河耀光辉

浩气荡宇宙

史诗如潮水

革命诚不易

江山不可摧

奉献天地阔

问心永不愧

丰碑啊

你树立着英雄的形象

你镌刻着不朽的名篇

你宣诉着永恒的誓言

你镶嵌着奔腾不息的生命

你高擎着奋发革命的信念

永远激励后人

朝着光辉灿烂的明天

牺牲

多少次

梦回青纱帐

走进舍生忘死的战场

看见死的危险

笼罩在战友的身旁

一个个朝气蓬勃的勇士

将擦亮的钢枪上膛

勇敢无畏坚强

革命英雄纪念碑

铭记着战士

一张张激奋高昂的脸庞

为了天下劳苦大众的翻身解放

面对牺牲幸福荣光

怎能忘

从儿童团的斗争生活

到抗日战场的烽火岁月

从淮海大决战

到百万雄师渡长江

从大别山到宁沪杭

转战南北

行军打仗

征粮剿匪建政权

千里扫敌驰骋疆场

上百次的战斗啊

凝固成

一幅幅历史的剧照

波澜壮阔

八角帽上四十二个弹孔

身躯上数不清的伤痕

汇成一枚枚革命生涯的音符

奏出一曲曲动人的乐章

铿锵的旋律啊

无数次扣动扳机的手指

轻轻拨响

血写的历史

世代不能忘

而今
依然紧握钢枪
踏着时代的节奏
用青山绿水
浸染神圣的军装
为了战友未竟的事业
为了祖国江山的稳固
革命战士
要时刻注视豺狼的出没
平时警惕不放松
战时军政过得硬
把战斗的作风演练
把革命的精神发扬

我见过
战斗里
中弹的勇士胸膛里鲜血喷放

我见过

抢险救灾中

疲累的官兵口腔里鲜血流淌

我见过

平常的岗位上

多少官兵呕心沥血

赤胆忠心的鲜血啊

汩汩地拉长拉长

慢慢地洒染洒染

变成一道道彩虹

高挂在朝霞映照的碧空

我听过

冲锋中的战友

慑魂夺魄的怒吼

我听过

洪流中的官兵

压倒泰山的怒吼

振聋发聩的怒吼啊

隆隆地滚动滚动

徐徐地远去远去

化作一道道春雷

播撒在祖国的大地

我迈过

超越敌人汽车轮子的步伐

将胜利抢先用双腿锁定

我迈过

穿越人迹罕至荒野沙漠的脚步

将党的温暖送到穷乡僻壤

永不疲惫的脚步啊

坚定地前进前进

不懈地延伸延伸

趟出一条条平坦的征途

刻印在祖国江山的版图

辉映着美丽的光的滋润

感受着悦耳的声的雄浑

律动着荣耀的走的快感

原来啊

绝美的风景

无一例外地傲立在险峰

有了悲壮的牺牲

才有一轮轮黎明的朝阳

才有一道道静谧的晚霞

有了悲壮的牺牲

才有一次次欢欣鼓舞的成功

才有一桩桩热泪盈眶的升腾

有了悲壮的牺牲

才有被阳光雨露滋润的芬芳

才有一幕幕沐浴幸福的感动

祖国啊

伟大的战士与您心心相连

绿草沙滩

战士用青春浇灌

铁路航天

战士用才智创建

党旗军旗国旗

战士用鲜血浸染

祖国昌盛

世界和平

伟大的战士把青春奉献

卫士

戍国卫边

是战士的使命

祖国繁荣昌盛

人民幸福安宁

是战士的光荣

巡逻的脚步

重得一步一坑

每步都踏出雷一般的轰鸣

时刻唤醒雄狮的觉警

巡逻的脚步

悄无声息的轻

轻得能听清蟋蟀的唧唧细语

却觉察不到战士警惕的身影

巡逻的脚步

电闪雷鸣般神速

让身后的风也连连叫苦

用心儿丈量祖国的版图

用生命热血信念意志

写就巡逻脚步的

坚定和永远

写就军旅生涯的

坎坷忙碌峥嵘

几十年军旅耕耘

从未奢望一个歇脚的小站

从鲁西田埂

到竹海深山

从塞北寒冬

到雪域高原

从长江黄河

到荒漠沙滩

从北国的青纱帐

走到江南的渔舟唱晚

从东方发白

一直走到灯火阑珊

巡逻的脚步

是一首歌

走中唱出战士的心声

巡逻的脚步

是一本书

走中写出战士的忠诚

巡逻的脚步

是一架琴

走中奏出战士的豪情

保卫祖国

战士的脚步不停

睁大着警惕的眼睛

冲锋的战士

是一张张拉满的弓

长途行军摸爬滚打积蓄势能

站岗的战士

是一棵棵挺立的松

雪雨风霜铁骨铮铮

奉献的战士

是一个个锐利的钉

扎根祖国的山山水水

将祖国的版图牢牢固定

是战士便有永无尽头的征程

是战士便有奉献不完的牺牲

哪怕你的躯体被烈火烧得通红

哪怕风华正茂的青春

被硝烟和风霜漂白了你的双鬓

哪怕朝夕沐浴着共和国将军的

荣耀威严光华
可你依然是一个兵
只要有祖国的召唤
就会义无反顾地出征

亲爱的战士啊
你是祖国的功臣
你是人民的英雄
你有吃苦耐劳的精神
你有无私奉献的胸襟
你有博大的友爱
你有炽热的情感
你有渊博的学识
你有优良的作风
你有远大的志向
你有崇高的品性
你有民族的气节
你有宽广的心境
你有健康的身体
你有勇敢的气魄

你有坚强的意志

追求不懈

神韵无限

功绩卓著

智慧无穷

伟大的战士啊

使命在肩

世界和平

为了祖国的繁荣

社会的安定

人民的幸福

甘愿牺牲自己

奋斗一生

用赤胆忠诚

铸造坚不可摧的

钢铁长城

2003 年 7 月 9 日，于河北省张家口市。

连体姐妹获重生

连体小姐妹
连甲和连乙
出生张家口
宣平水泉邑
呱呱刚落地
双胞惊连体
贫困急父母
无助眼迷离
二五一医院
人民好军医
知情来联系
安慰老乡语
发扬人道主义

手术分文不取

术前准备两月

手术保障细密

白衣天使护理

体重不断增益

姐妹连胸面大

心肝分离不易

纵有千难万险

生命卫士何惧

态度严谨科学

医德高尚无比

勇于创新实践

敢于争取胜利

各科紧密配合

执刀三大主力

群体智慧彰显

奋战攻克难题

"亲密无间"姐妹

顺利成功分离

新闻飞向世界

人人竖指称誉

此乃华北首例

来自军队创举

姐妹喜获重生

唤作赵佳赵怡

不忘军民情深

盛赞社会主义

2003 年 7 月 15 日，于河北省张家口市。

生活之歌

生活如歌

如歌的生活

吟我童年的苦难

唱我革命的心歌

宣我战斗的口号

如滔滔不息的江河

弹奏人生的欢乐

如大海般波澜壮阔

生活似画

似画的生活

画我行程的足印

绘我军旅的星座

刻我信仰的坚定

如苍翠群山的巍峨

装点志向的崇高

如大地般锦绣广沃

人生道路有多种选择

生活内容大不相同

我喜欢团结奋进的战斗生活

我喜欢积极意义的健康生活

我喜欢劳动人民的简朴生活

我喜欢昂扬向上的乐观生活

这是革命者的生活主调

这是战士纯正的本色

黑暗的旧中国

人民饱尝辛酸

受剥削受压迫

是党指引我走上革命道路

党是人民的救星

党是指路的炬火

是党指引我的革命航程

是党激励我拿枪去战斗

火热的战斗生活

有日晒月暗风吹雨淋

有天寒地冻忍饥挨饿

有连续行军攻城拔寨

更有流血牺牲负伤晕厥

对美好幸福生活的追求

需要英勇与无畏

需要顽强与拼搏

需要理想与信仰

需要赤胆与忠诚

需要奉献与牺牲

这种生活

丰富了我真正意义的人生

这种生活最甜美

这种生活品自高

给我整个人生

铺垫了坚固的基石

牢不可破

当革命取得胜利

军旅生活

虽不再是血洗征尘

但依然

是战斗的生活

这里有团结奋进的朝气蓬勃

这里有牺牲奉献的青春闪烁

这里有五湖四海的兄弟情谊

这里有比学赶帮的不断开拓

战斗的作风

严明的纪律

昂扬的斗志

朴素的品格

鲜红的本色

把我的生活充实

文化生活

精神生活

学习生活

知识带来绚丽多彩

知识带来无穷快乐

知识开启智慧大门

刻苦学习

人生所需

乐趣无穷

终身受益

战斗的间隙

一笔一画地学

一字一句地学

大地当纸

木棍当笔

认真学刻苦学

点滴学天天学

战场学集训学

军校学党校学

家中学途中学

试验学工作学

书中学实践学

学政治学军事

学文化学科学

日积月累

如饥似渴

学习的生活

让我品尝文化知识的无穷魅力

增添无穷的智慧和胆魄

日常的生活

注重节俭

注重自律

注重养成

不喝酒不吸烟不乱花一分钱

是我日常生活的"三不原则"

艰苦朴素的日常生活

是我人生的自觉

生活需要食粮

既需要物质的

更需要精神的

富有意义的生活

要有强大的精神动力

要有良好的精神状态

要有健康的生活观念

共产党人革命的目的

是为劳苦大众谋福泽

曾用枪炮打败拿枪炮的敌人

取得了革命的成果

人民当家做了主人

但和平时期

生活中也常有不拿枪炮的敌人

这个敌人更狡诈更险恶

打败它的最好武器

就是艰苦朴素的作风

物质生活越好

越要保持革命者的本色

革命战士。

追求崇高的境界

追求健康的人生

开拓进取永葆本色

团结奋斗敬业奉献

生命不息战斗不止

这才是真正意义的如歌生活

2003 年 7 月 29 日，于内蒙古呼和浩特市。

演兵场

在这广袤的北疆大地上
在这辽阔的天然放牧场
在这一望无际的草原
在这白云行走的天边
我们反复考查选址
我们精心规划筹措
是要建成一个
世上最大的
最高层次的
最现代化的
大型军事训练基地
一个多功能的
综合演练场

这里有山

哈尔德勒山

这里有草原

都新草原

和乌登草原

这里有丘陵

察汗敖包丘陵

和杭盖登吉丘陵

这里有水

丰富的地下水

这里有云

时而朵朵白云温驯如羊群

时而阵阵乌云翻滚似虎狼

时而片片彩云美丽若画卷

这里有风

微风草动碧野和煦

狂风大作尘沙四起

黄毛呼呼白毛呼呼

伸手不见五指

这里有严寒

冰天雪地步履艰难

这里无酷暑

可烈日直射依然炽热

这里有蓝蓝的天

这里有白白的云

这里有王府边墙的遗址

这里有温都尔庙的传说

这里是避暑的胜地

这里是一个天然的演练场

在绿地与蓝天之间

场区之大与香港一般

有水有电交通发达

输送部队行动方便

地形复杂

草原广阔平坦

山地丘陵

便于多课题开展

便于多兵种协同作战

便于战法训法的论证与试验

便于部队驻训

便于战役演练

这里把沙盘搬上草原

这里把演兵放映蓝天

这里布局刻有"五维"

这里有科学严密的规划

这里有实战模拟的展现

这里有运筹帷幄的智谋

这里有精兵巧技的竞显

这里有威武雄风的尽展

这里有未来战争的演练

这演兵场的选择

这演兵场的设计

这演兵场的建立

这演兵场的运用

是瞄准世界军事变革的前沿
是把握现代化军事
实际演练的关键
是军事训练走基地化的必然
是快速生成和提高部队
整体战斗能力的战略决策
是军事训练的根本改革
和大胆实践
这是为了部队的锻炼
从难从严达到学会实战
这是巍巍长城铸利剑

这也是训练基地职能的转变
由保障机构向训练机构转变
由场地局部性使用
向全方位开发使用转变
由阶段性训练
向全年度满负荷训练转变
由自然环境进行一般性训练

向运用基地现代化建设

进行高层次训练

这里软件先进

这里硬件齐全

这里网络畅通

这里信息直接

以基础设施为支撑

以指挥系统为中心

通过计算机网络构成

无线集成

语言通信

信息采集

快速传递

微波摄像

定点监控

卫星定位

准确指挥

统一导调

战场仿真

正确评估

综合保障

统一演习时间

设计战场情况

显示情节进程

选择行动场地

提示导调作业

实施最佳方案

全方位多角度多层次

全面展开

主次分明

前后有序

有理有据地

把参战部队的行动和态势

综合显示

实际演练

可以预想来犯之敌的企图

设计红蓝对抗

把前方纵深后方

空地电天一同考虑

依据未来战争的最新特征

与战场的多维体系

磨练部队的攻防能力

想得新远

演得真实

训得精尖

胜任实战

这里的演练

讲求精、像、准

实、高、新

精——精通未来战争

像——像真实战场一样

准——瞄准敌人特性

实——真实"敌我"对垒

高——高科技含量

新——深研创新适应未来
研究新的训法战法
检验新的武器装备
实施全天候
多兵种大纵深
全方位的立体大练兵
达到实战要求
领先世界水平
这个演兵场
外具恢宏之气概
内赋精良之细致
瞄准世界之风云
保障部队之胜利
这里是雄师劲旅的用武之地
是战斗力的生成之地
是智慧的伸展之地
是养兵与用兵的结合之地
面对未来战争
面对来犯之敌

历史的一切辉煌

历史的一切惨痛

我们必须牢记

演练场

实战场

最直接最前沿

最现实最充分

平时演练过得硬

战时方能建奇功

立足于真实

放眼于未来

服务于战争

理想于和平

这正是

演练场的作用

这正是

伟大军人的豪情

这正是

人民军队的崇高与神圣

2003年8月5日，于内蒙古自治区乌兰察布大草原朱日和。

骑兵

把那群剽悍的马儿
纳入我心的草原吗
让那威猛的神态
奔驰在辽阔的胸怀
把那群巡边卫国的马儿
引来我祥和的家园吗
让那汗水湿透皮毛的身驱
小憩在我情感的庭院
把那群征战沙场的马儿
带入我古今的思绪吗
让那嘶鸣奋蹄的声音
回荡在我悠扬的蓝色天边

来吧驮着骑兵的马儿

来吧骑着马儿的骑兵

来吧

那三河那昭苏

你看

那伟人名人常人

都喜欢的名字

都熟记的名字

那常新的神韵

你看

那征战的阵式

那挥舞的马刀

如波涛奔涌

纷沓而来

一声声嘶鸣

震裂长空

那清脆有节奏的蹄音

敲响在从古至今的旷野

这别致的鼓点

和谐着一个老兵跳动的脉搏

透过马蹄飞溅的滚滚尘埃

我看见

一匹匹战马

一队队骑兵

带着远古的欢乐和壮丽

在碧绿的草海间

在沙场的硝烟里

在列队的阵地上

在刀丛的劈砍下

在巡边的行程中

寻找辉煌

披着秦时的月

跨过汉时的关

承载着成吉思汗

一代天骄的荣光

背负着岳飞

民族英雄的忠魂

从历史深处奔驰而来

从革命的新生奋蹄而来
带着祖国解放的欢喜
带着战斗的豪情
带着戍边的忠诚
习惯征战砍杀
习惯风雪严寒
习惯坚韧不拔一往无前
习惯军号嘹亮冲锋陷阵

从战马刀光掠过的眼神里
我看见挥刀劈砍顽匪的果敢
我看见举枪追击穷寇的雄姿
我看见顶风冒雪巡边的身影
尽管战争的现代化在逐步升级
但任何再先进的钢铁
也代替不了
我无言的战友
那猛烈的无畏品性
那四季巡边的坚定

那疾驰如风的奋进

那刚毅果敢的威名

那志在千里魂系边关的情怀

那永远追求的不老神韵

骑兵

祖国的骑兵

无论过去多远

你的每一声蹄响都留下了

永不消逝的征战心声

而今你的每一声嘶鸣都透着

你牵挂祖国的忠诚

而今祖国的每一分安宁

都奉献着你的辛勤

祖国的每一朵祥云

都描绘着你曾经的征程

把那驮着骑兵的马儿

把那骑着马儿的骑兵

印刻在我的脑海吗

编入我的心里吗

我用真诚

眷恋你古今征战的功绩

我用深情

呵护你永远奋进的秉性

军马与骑兵

心儿永相随

生死总相依

体魄雄健赤胆忠魂

奋蹄前行威勇英俊

你的影你的声

你的韵你的神

其实

早已写就了

你史诗般

永不磨灭的功勋

2003 年 8 月 5 日，于内蒙古自治区锡林
郭勒盟大草原。

农历月律歌

正月立春天渐暖，①
爆竹声声贺新年。
雨水送肥至田地，
莫待冰雪消融完。
杏月惊蛰快耙地，②
冬眠昆虫身体展。
春分昼夜相均等，
栽蒜当紧地皮干。
桃月天晴草变绿，③
迎来清明谷雨天。
思亲更宜多栽树，
桃李花开瓜豆点。
槐月立夏接小满，④

浇园防旱勿偷懒。

鸟雀来全燕呢喃，

籽粒饱满望麦田。

仲夏芒种连夏至，⑤

石榴花红火欲燃。

拔麦种谷地勤铲，

端午食粽念屈原。

季夏小暑炎热始，⑥

大暑最热三伏天。

荷花满塘蛙鼓噪，

诗中乘凉听鸣蝉。

桐月立秋加处暑，⑦

种下白菜摘新棉。

一年一度七夕会，

牵牛织女银星闪。

桂月白露又秋分，⑧

中秋家家庆团圆。

打枣种麦农民喜，

收割庄稼丰产年。

菊月寒露伴霜降，⑨
秋虫唧唧频率缓。
金风轻拂果实香，
禾谷满场田地翻。
阳月立冬下小雪，⑩
起菜冬贮天将寒；
雁阵南飞长空掠，
南国金桔香满园。
葭月大雪天已冷，⑪
冬至河封人不闲；
柚子龙眼荔枝伴，
交粮完税做贡献。
腊月小寒并大寒，⑫
丰产经验多交谈。
科技兴农学新知，
物丰康乐迎新年。
四季一年十二月，
月名别称先人传。
廿四节气巧分划，

字美意达智慧篇。

2003 年 8 月 18 日，于河北省张家口市。

① 正月立春天渐暖：正月，一月，又称孟春、端月、初春、元春、开岁。

② 杏月惊蛰快耙地：杏月，二月，又称仲春、如月、杏春、早春。

③ 桃月天晴草变绿：桃月，三月，又称季春、炳月、阳春、暮春。

④ 槐月立夏接小满：槐月，四月，又称孟夏、余月、清和月、麦月。

⑤ 仲夏芒种连夏至：仲夏，五月，又称果月、榴月、蒲月、端月。

⑥ 季夏小暑炎热始：季夏，六月，又称且月、荷月、伏月。

⑦ 桐月立秋加处暑：桐月，七月，又称孟秋、相月、巧月、霜月。

⑧ 桂月白露又秋分：桂月，八月，又称仲秋、壮月、中秋月、爽月。

⑨　菊月寒露伴霜降：菊月，九月，又称季秋、玄月、咏月。

⑩　阳月立冬下小雪：阳月，十月，又称孟冬、小阳春、吉月。

⑪　葭月大雪天已冷：葭月，十一月，又称仲冬、辜月、畅月。

⑫　腊月小寒并大寒：腊月，十二月，又称季冬、涂月、嘉平月、冰月。

人生十乐

浩然正气撼山岳，
博大胸怀容江河。
陶冶垂范铸思想，
革命熔炉锻十乐；①
苦中砺志存高远，
理想奋斗天地阔；
生活简朴显本色，
甜中砺节更难得；
勤政敬业肩重担，
学习写作知识博；
走访调研察民意，
开拓创新全局活；
奉献助人增愉悦，

昂扬向上豪迈歌。

困难胜利辩证法，

前程光明路坎坷。

共产主义是真理，

人生奋斗红胜火。

2003 年 10 月 10 日，于京华。

---

① 革命熔炉锻十乐：人生十乐，指苦中砺志之乐，理想奋斗之乐，生活简朴之乐，甜中砺节之乐，勤政敬业之乐，学习写作之乐，走访调研之乐，开拓创新之乐，奉献助人之乐，昂扬向上之乐。

椰树①

胚胎有嘴又有眼，
幼苗生长七八年。
千条万缕红棕根，
似爪如盘稳如山。
挺拔伟岸干笔直，
无枝无蔓冠绿伞。
热带分布棕榈科，
临风玉立映蓝天。
片片羽毛舞英姿，
层层叠叶挂果串。
硬壳裹护琼浆液，
消暑解毒胃目健。
茎根煮水治炎症，

战争年代救伤员。

椰子饭香上宴席，

精雕工艺热生产。

南天一柱生命树，

全身是宝做贡献。

2004 年 3 月 11 日，于海南省三亚市。

---

① 椰树：海南岛产椰子约有两千多年的历史。椰子是靠海水漂浮传播，也可以靠人力引种和栽培。椰子的种类有高种和矮种之分，植后 6—8 年开始结果，树龄可达 80—100 年，王者达 150 年左右。在 3.4 万平方公里的宝岛上无处不在的椰子树，已成为一大热作产业。一年一度的椰子节——1992 年以来的每年 4 月 3 日至 7 日，是海南人民的盛大节日。

健康歌

战争年代，生命实践。

英勇百战，冲锋在前。

和平时期，团结奋战。

荣辱逸险，大度风范。

人生年轮，风雨淬炼。

躬行心路，朴实清廉。

勤恒新明，正诚志坚。

情铸雄师，卫国戍边。

参政议是，以民为先。

胸怀大局，无私奉献。

建设祖国，调研参观。

劳动创造，生活恬淡。
绿化环境，保护自然。
踏吻大地，知水爱山。
清整洁净，健康之源。

多思大事，远逾胸宽。
遇事勿躁，宁静致远。
游泳泡脚，走路天天。
居室幽静，文体休闲。
家庭和睦，天伦佳篇。

学习思考，笔耕不断。
联系群众，亲密无间。
育人成才，护幼爱贤。
走访世界，有益借鉴。
融于社会，洒脱超凡。

生活简便，粗茶淡饭。
五谷杂粮，随俗就餐。

苦甜砺节，烟酒不沾。
四时着装，军衣布衫。
笑对人生，海阔天蓝。

认识规律，适应发展。
华阳正午，生活始端。
老有所为，心康体健。
骨硬气正，晚节香甜。
自强不息，其乐无限。

2004 年 7 月 1 日，于北京。

雪峰温泉海螺沟

磨西古镇台坝川，
冰融河谷地质园。
六十里路海螺旋，
一号营地山脚板。
雪峰环绕森林抱，
二号营地洗温泉。
自然和谐天地乐，
三号营地金银山。
踏雪攀登防暗冰，
四号营地阳光灿。
云梯幽幽过山涧，
冰川瀑布贡嘎山。

2005年4月14日，于四川省泸定县海螺沟。

情铸和平

一身戎装伴我度过半个多世纪的历程
七十岁月让我对祖国爱得热烈深沉
游击队时的战友
早已长眠于大地
硝烟弥漫的战场
已被繁华的城乡代替
只有不朽的战歌在耳边激励

亲历炮火硝烟的战场
见证了一次次艰苦卓绝的胜利
英勇无畏的战友
筑成了铜墙铁壁
往事的回忆

常常让我激动不已

忘不了齐鲁原野的枪声
游击队风餐露宿打击敌人
巧妙伏击战
青纱帐战敌顽
炮楼侦察大智勇
拔敌据点建奇功

忘不了太行山峦的脚步声
敌后游击战麻雀战地道战
烧得野牛团团转
反扫荡斗争敌胆寒
抗战胜利人民庆
小米红枣香又甜

忘不了逐鹿中原似利箭
一把尖刀插在敌人心里边
强渡黄河破天险

平汉铁路破袭战

大军横扫鲁西南

千里跃进大别山

忘不了桐柏地区狭路逢

异常艰险异常勇

连续战斗敌慌乱

没有后方供给难

发动群众建政权

战略反攻操胜券

忘不了淮海大决战

两月歼敌六十万

冲锋在前不怕死

血染征衣志更坚

誓与阵地共存亡

人民战士英雄汉

忘不了进军大西南

与敌赛跑铁脚板

高山深壑泥泞路

士气高昂胜利篇

迂回追击七千里

我军解放云贵川

忘不了剿匪征粮建政在川南

难忘的战斗黎明前更艰险

戎州神勇便衣队

铸造一颗猛虎胆

深入虎穴擒匪顽

英雄奇袭连天山

忘不了挥师北上海防线

紧急行动准备战

争分夺秒大练兵

抗美援朝保家园

文化进军强本领

建设国防守边关

血与火的年代难忘记

六次重伤伤痕累累

胸前弹孔是冲锋时的留影

臂上的疤痕是刺刀见红的见证

眼眉上的弹片至今压迫神经

八角帽被打出了四十二个弹孔

和平的太阳从东方升起

战争的硝烟已经褪去

和平发展当代主题

和睦和谐亟须努力

架通友谊的桥梁

让和平之路在鲜花中延长

越过高山

把友谊播撒四海

飞遍大洋

把正义留向八方

向世界伸出双手
珍爱和平
永远情铸

永远情铸

2005 年 6 月 1 日，于北京。

保卫和平

今天的和平来之不易
从战乱中走过来的人们
经历了太多的创伤困顿楚痛
付出了太多的青春热血生命
白鸽飞翔的蓝天
鱼儿遨游的海湾
骏马奔驰的草原
孩子们欢乐的笑脸
这些能否把和平凝结

和平需要浇灌
和平需要呵护
和平需要付出

和平需要奋斗

和平需要珍惜

和平需要情铸

和平需要强大的国防

和平需要民族的尊严

保卫和平

是一首气势恢弘的进行曲

是一部彪炳千秋的光荣史

我们不曾忘记

董存瑞舍身炸碉堡

忠诚化为巨响

黄继光奋勇堵枪眼

忠诚铸造胆量

白求恩全部身心献医术

用忠诚续写出生命的乐章

……

无数忠诚志士

他们是和平的脊梁

朝着世界大同的方向

无论来自何方

用热情热血热土热烈

保卫和平

捍卫生命

保卫和平

用经历战争的眼睛看世界

用经历战争的画笔绘和平

居安思危警钟常鸣

让每天的太阳始终光明

让头顶的蓝天永远清新

在风云激荡的世界我们抵御安逸

在繁华耀眼的都市我们保持清醒

用我们信仰的激情

创造美丽的远景

保卫和平

就是全世界携手同行

让战争彻底地远离人民

让发展合作成为和平的先锋

让不同肤色的双手护住宇宙

让五洲四海的力量征服丑陋

人类共有一片蓝天

让我们

满怀信心坚定信念

努力铸造一个新世界

和平和睦和谐繁荣

2005 年 6 月 1 日，于北京。

走访大别山

一

不拜神仙不拜天，
我来走访大别山。①
千里跃进大反攻，
牵动全局歼敌顽。
驰骋八百鄂豫皖，
调动蒋军到中原。
红旗高扬英勇战，
支持鲁陕东北缓。
遭遇战斗急行军，
趟河破冰意志坚。
风雪之夜士气高，

自作棉衣真乐观。

没有后方多方难，

缴获自筹解粮弹。

风雨战斗诞政权，

前仆后继保江山。

五个回合机动战，②

人民战争挽狂澜。③

二

今非昔比两重天，

人民不愁吃和穿。

茅屋土房已不见，

小楼群起绿荫掩。

走出山坳去打工，

穿着打扮大改观。

县通公路村通电，

广播电视卫星转。

艰难爬坡新阶段，

农民增收机制难。
合作经济兴发展，
集体经济露倪端。
生产要素联合起，
增产方式正改变。
推进农业现代化，
生产能力抗风险。
访民座谈集智慧，
商讨建设新家园。

三

城乡贫富差别显，
科技力量尚微浅。
吃水不忘挖井人，
建设老区责在肩。
锦绣中原好河山，
区域优势持续展。
科学发展为指导，

党的政策生命线。

开拓创新迈大步，

勤劳致富前景宽。

社会主义新农村，

新型农民是关键。

岳西烈士三万八，④

红安金寨将军县。⑤

发扬民主强组织，

文明建设是模范。

艰苦奋斗留天地，

光荣传统代代传。

2006 年 4 月 16 日，于安徽省岳西县。

---

① 不拜神仙不拜天，我来走访大别山：大别山，指刘邓大军战斗的中原战区，当年依托三山（泰山、大别山、伏牛山），在鄂豫皖的江、淮、河、汉地逐鹿中原。

② 五个回合机动战：指大别山斗争的五个回合，即第一个回合，敌人追击，我们战略

展开；第二个回合，敌人合击与追击，我们突围与消灭追击之敌；第三个回合，敌人重点"扫荡"，我们内线坚持，展开三个军区（桐柏、江汉两个军区和淮西地区），配合友邻的平汉战役，消灭敌第三师，给二十八师以歼灭性打击；第四个回合，敌人反复"扫荡"，我们坚持深入土改与游击战争的培养，配合全国的整军；第五个回合，我们的任务是掩护土改、游击战争与全军整军，然后转到集中作战，外线作战内线坚持。

③　人民战争转危安：对大别山的斗争，毛泽东主席当时估计有三个前途：一是付了代价，到了长江以后，站不住脚，退出来；二是付了代价，站不稳脚，在内围打转转；三是付了代价，站稳了脚。我们要防止第一种情况，避免第二种情况，争取第三种情况……毛主席说："没有中原军的南下，东北、西北、华北的胜利是不可思议的。"

④　岳西烈士三万八：指建国前，岳西县共15万人，有3.8万多人为革命献出了宝贵生命，其中团以上干部牺牲100多人。

⑤　红安金寨将军县：红安，即红安县；金寨，即金寨县；将军县，指1955年至1964年授军衔时，出自大别山30个县的将军有341名，全国有9个将军县（大别山占5个），红安、金寨是其中的2个。

走进欧罗巴

穿过层层云雾

翻越重重高山

长空中留下友谊的脚印

耳畔又响起亲切的声音

重逢在鲜花的海洋

热情的歌声处处荡漾

一

登上阿芙乐尔号巡洋舰

仿佛看到蓄势已久的水兵

静静地等待着命令

正义的炮声击碎了乱世旧梦

列宁的宣言点燃了十月革命
英勇的反抗奏响了凯歌
历史的痕迹见证着辉煌

二

万物萧瑟的季节
却有白鸽在天空中飞翔
漫步在胜利公园的广场
仿佛看到了当年残酷的景象
兵临城下的艰苦岁月
为了国家和民族存亡
所有人拿起枪上战场
一次次流血牺牲顽强抵抗
一次次冲锋号声经久嘹亮
无数英烈血洒国土
严寒中的坚守迎来胜利的曙光

三

奥地利绿色掩映

维也纳音乐殿堂

田间享受农家乐

乡土弥漫友好情

世界组织齐相聚

和平之花开满地

蓝色多瑙河风光秀丽

命运交响曲起伏跌宕

四

奔驰的汽车穿越柏林墙的废墟

啤酒屋前的旗帜已经合为一体

打击乐衔接着欢庆的舞曲

敲桌声伴随着乡村气息

难以忘记那个梦魇的年代

疯狂的人把这里变成了地狱

战争的血泪唤起民族的警醒
双膝赎罪赢得世界的肯定

五

滑铁卢镇名不见经传
收藏的油画却在源远流传
两军对垒刀光剑影
腥风血雨战马嘶鸣
曾经叱咤风云
最终沉沙折戟
项羽歌罢垓下饮恨乌江
拿破仑长叹被困圣赫勒拿
兵败教训励后人
千胜更须次次慎
今日的小镇依旧宁静
当年的英法之战不见踪影

六

塞纳河波光涟影

埃菲尔高耸入云

远眺巴黎圣母院

哥特式建筑传世流名

每幅雕刻历经沧桑

当代的人们仍陪伴着

巴黎公社社员墙

每一个清晰的弹孔昭示世界

天地间穿梭着争取自由的目光

多情的法国风姿绰约

美丽的巴黎羽衣霓裳

2006 年 10 月 31 日，于瑞典首都斯德哥尔摩市。

传播友谊的使者

周高中低地理佳，
最低大洲欧罗巴。①
岸线曲折多海湾，②
河网稠密湖泊纳。③

资本主义发源地，
科学技术早发达。
侵掠移民占领地，
语言文字通用法。

美丽富饶资源丰，
风调雨顺气候佳。
艺术门类出经典，

历史文化古希腊。

城堡庄园大教堂，
建筑馆雕喷泉夏。
传统木屋小别墅，
鲜花盛开欧罗巴。

典藏文明博物馆，
文学音乐维也纳。
咖啡酒馆常聚餐，
浪漫优雅人性化。

三高政策福利制，④
城乡差别隐蔽化。
两头小来中间大，⑤
中产阶级自满夸。

珍爱和平头脑清，
华约解体北约发。⑥

和谐世界大潮流，
团结开拓发展它。

中国一名老战士，
走遍欧洲与天涯。
考察西方重思考，
传播东方文明花。

2006 年 10 月 31 日，于瑞典首都斯德哥
尔摩市。

---

① 最低大洲欧罗巴：欧洲是欧罗巴洲的简
称，先民解释为"鲜花盛开的地方"。位于
东半球西北部，亚洲以西，西濒大西洋，南
隔地中海和直布罗陀海峡与非洲相望，西北
与北美洲隔海相对。面积 1016 万平方公里，
是世界第六大洲；人口约 7.6 亿，是人口最
密集的洲；是世界上最低的洲。

② 岸线曲折多海湾：欧洲多海湾和半岛。
海岸线长达 3.79 万公里，是世界海岸线最

曲折的一个洲。阿尔卑斯山脉横亘南部，是欧洲最大的山脉。东南部有高加索山脉，主峰厄尔布鲁士山海拔 5642 米，是欧洲最高峰。里海北部沿岸地区在海平面以下 28 米，是全洲最低点。

③ 河网稠密湖泊纳：欧洲河网稠密，主要河流有：伏尔加河、多瑙河、乌拉尔河、第聂伯河、顿河、莱茵河、罗纳河和泰唔士河等。湖泊众多，多小湖群。

④ 三高政策福利制：三高，即欧洲各国实行的高工资、高税收、高消费。

⑤ 两头小来中间大：欧洲国家多是中产阶级占大头，吃补助线以下的人是少数，富人也是少数但占有资产的大头。

⑥ 华约解体北约发：华约，即前华沙条约；北约，即北大西洋公约组织。

欧洲行

我同海棠欧洲行，
十三国家传友情。
会见侨人话友谊，
爱国旗帜高高擎。

参观走访十万里，
练脑健体意志兴。
热爱生活亲自然，
乐观主义升佳境。

大使武官华侨迎，
各界朋友真热情。
社会活动话题多，

形式各异吐心声。

和谐世界人民愿，
共同富裕是明灯。
实践证明我们行，
走访百国再起程。

2006 年 11 月 1 日，于瑞典斯德哥尔摩市至北京的飞机上。

内蒙古大草原

我的心爱在草原，
六大草原镶天边。①
美丽辽阔大原野，
洁白敖包散河畔。
三山壮丽固边疆，②
苍茫绿海云雾间。
百湖千河润牧草，
母亲河水沁甘甜。
草原腹地深开发，
农牧工业齐发展。
物产丰饶多宝藏，
羊肥马壮百花妍。
胡杨不朽在大地，

白云绿草阳光灿。

魅力无限歌如潮，

不屈人民守边关。

2008 年 9 月 16 日，于内蒙古自治区二连浩特市。

———————————

① 六大草原镶天边：指地处我国北疆的呼伦贝尔、锡林郭勒、科尔沁、乌兰察布、鄂尔多斯、乌拉特六个著名大草原。

② 三山壮丽固边疆：指阴山、大兴安岭、贺兰山三大山脉。

金牛精神

初生牛犊胆气豪，
横冲直撞奋蹄高。
任劳任怨老黄牛，
勤勤恳恳躬耕劳。
意志挺傲拓荒牛，
刻苦耐劳迎春早。
鞠躬尽瘁孺子牛，
任重致远走正道。
李耳骑牛出深山，　①
大禹治水铜牛造。　②
天子驾牛亲耕田，　③
腊八供牛灶君到。　④
四大传说永恒爱，　⑤

牛郎织女驾银桥。⑥

牛鼎烹鸡牛厨师，⑦

牛饩退敌功不小。⑧

牛年话牛意不尽，

火树银花红灯照。

除旧布新精气神，

艰苦奋斗勇创造。

鼓足牛劲迎挑战，

人生征途重担挑。

团结奋斗向前进，

人民生活更美好。

2009 年 1 月 26 日，于北京。

---

① 李耳骑牛出深山：相传李耳出山时骑的
是牛，孔子周游列国讲学时骑的也是牛。

② 大禹治水铜牛造：传说大禹治水时，每
治好一处水患，便铸造一头铁牛沉入河底，
认为牛识水性，可防河水泛滥。

③ 天子驾牛亲耕田：经过代代沿袭，先农

坛是明清两代帝王祭祀先农诸神、体现皇帝以农为本祈求丰收而举行农耕典礼的场所。《诗·周颂·载芟序》载："载芟，春籍田而祈社稷也。"每到春耕前，天子、诸侯执耒在籍阳上三推，称为"籍礼"，此礼历经数代而不衰。

④ 腊八供牛灶君到：腊月廿三祭灶君，也祭马。相传腊月廿三灶王爷骑马上天，因为马能带着灶王爷快去快回，没工夫和别的灶王聊天，把好事赶快告诉人们。这里的"马""牛"在当时都是利骑的工具。

⑤ 四大传说永恒爱：指《牛郎织女》《孟姜女》《白蛇传》《梁祝》中国古代四大民间传说。

⑥ 牛郎织女驾银桥：相传，每年七月初七，许多喜鹊飞到银河，架起鹊桥，使牛郎织女得以相会。

⑦ 牛鼎烹鸡牛厨师：牛鼎烹鸡，这个典故出自《后汉书·边让传》："函牛之鼎以烹鸡，多汁则淡而不可食，少汁则熬而不可熟。"后来比喻大材小用，在此是指用能够装下一

头牛的大锅来煮一只鸡，这不是一般的厨师，应该是历史上最牛的厨师了。

⑧　牛饷退敌功不小：秦国要攻打郑国，郑国毫不知情。在秦军出征途中，遇到了一个名叫弦高的郑国贩牛商人。弦高便封自己为郑国官员，说自己奉命在此迎接秦军，并把贩运的牛作为礼物送上，以此告诉秦军郑国已经知道他们的军事行动了。秦军信以为真，取消了原定的攻打计划。弦高虽然冒充郑国官员，但却使郑国化险为夷。郑国不但没有追究他的责任，还予以表扬，写进了《春秋左氏传》。

建设莘县将军希望小学记

一

少年革命出乡关，
华阳解甲归故园。
千里平原春光好，
三尺讲台傲擎天。
孩提读书琅琅语，
乡亲望眼殷殷言。
但使桑梓龙腾跃，
简校陋室须换颜。

二

决心下定坚如磐，
紧锣密鼓建校园。
蓝图绘制丹心意，
壮心谱写艳阳篇。
配套工程聚合力，
建设质量保安全。
高楼倏忽拔地起，
锦绣摇篮立平原。

三

金秋披锦新学年，
有莘之野喜空前。
师生欢聚迎盛典，
宾朋满座赠箴言。
爱国荣校为责任，
笃学励行出壮元。

但愿学子齐努力，

奋发图强固江山。

2009 年 9 月 26 日，于山东省莘县将军
希望小学。

五大哨所

壑谷幽深雄伟险，
黄洋界哨卫北面。
崎岖山道挑粮路，
临崖而立荷树鉴。
居高远望四面山，
陡壁断崖哨高悬。
连接湖南通关道，
三道工事钢铁链。
巨峰相连双马石，
两块青石骏马先。
古木松竹山峦伏，
四个山头紧相连。
扼吉大道桐木岭，①

哨所设在要道弯。

主哨小哨设坳岭，^②

严防敌人来侵犯。

要隘险关朱砂冲，

一夫当关越过难。

高山流水观音桥，

山风拂衣高亭伴。

五大哨所千里眼，^③

积极防御保安全。

纵横五百天地间，

红色摇篮井冈山。

2010年4月5日，于江西省井冈山市茨坪。

———————————

① 扼吉大道桐木岭：扼吉大道，桐木岭哨口扼守井冈山通经吉安、南昌的要险，位于茨坪以东9公里处，海拔860米。

② 主哨小哨设坳岭：即指桐木岭附近的旗锣坳上筑起了哨口工事。

③ 五大哨所千里眼：黄洋界、八面山、双马石、朱砂冲、桐木岭，是井冈山斗争时期著名的五大哨所。

人参

深山老林阴坡生，
海拔九百下线中。①
性喜阴凉忌高温，
强光干燥也不行。
湿度偏高排水好，
水土保持利于生。
腐殖深厚好土壤，
通气良好白云风。

三枚复叶一年成，
五枚小叶掌状兴。②
两枚状叶二甲子，
三枚壮叶灯台成。③

七月抽葶花开放，
七年六批叶全景。④
五枚花瓣人参果，
红色鲜艳百年功。⑤

长白兴安植物丛，
五科生草山参灵。⑥
主根肥大丰肉质，
分枝常常人字翁。
人参入药补元气，
营养丰富液生津。
三山人参药中王，
兴奋中枢血脉龙。⑦

山参园参都是宝，
技术加工攀高峰。⑧
天然生晒白人参，
蒸后烘干参变红。
浸糖干制参甜美，

冻干罐装香味浓。

糖茶牙膏人参酒，

饮食饮料健康经。

2010 年 9 月 10 日，于大兴安岭地区加格达奇呼中国家级自然保护区。

_____

① 深山老林阴坡生，海拔九百下线中：指野参通常生长在深山茂密的针阔混交林里，多分布在海拔 900 米以下的平坡地上。

② 三枚复叶一年成，五枚小叶掌状兴：指第一年参由三枚叶组成三出复叶；第二年参由五枚小叶组成掌状复叶，叫"巴掌"。

③ 两枚状叶二甲子，三枚状叶灯台成：指第三年参由两枚掌状叶构成，特称"二甲子"；第四年参由三枚掌状叶构成，起名"灯台"。

④ 七月抽葶花开放，七年六批叶全景：指第五年参为四枚叶，叫四批叶；从第四年七月抽葶开花结果，直到第七年长出六批叶为止，以后叶数不再增加，百年人参也是六批叶。

⑤　五枚花瓣人参果，红色鲜艳百年功：指好的山参生育期几十年甚至几百年；我国山参主要分布在长白山和大小兴安岭一带，吉林山参是世界上质量最好的；人参花小，淡黄绿色，伞状花序单个顶生，常由五枚花瓣组成，六至七月开花，七至八月结果，果实偏球形，熟时红色、鲜艳。民间许多关于人参的美妙神话传说都与鲜丽的人参果有关。

⑥　长白兴安植物丛，五科生草山参灵：指人参是五加科多年生草本植物。

⑦　三山人参药中王，兴奋中枢血脉龙：三山人参药中王，指长白山、大兴安岭、小兴安岭等三山；人参是珍贵中药，优良补品。

⑧　山参园参都是宝，技术加工攀高峰：野生的人参称山参；人工栽培的人参称园参。技术加工攀高峰，指东北栽培人参有三百多年历史，1985 年东北地区人参园产参 6152 吨；其栽培技术发展很快，加工产品不断更新，出口产品增加。

人工栽培技术。传统的生产过程有两种：一种是播种育苗二年，移栽壮苗二年，移植作物二年，全部生产周期六年；另一种是播种育苗三年，移育贷参三年，全部生产周期六年。后经反复试验，推广了"点播、移苗、整形、六年起货"的方法。

加工方法。人参可分为：生晒的白人参，蒸后烘干的红人参，浸糖后干制的糖参，还有冻干技术、罐藏技术和"活性参""罐藏人参"等品种。

过去多是利用人参根部入药，现在发展到利用人参的副产品茎、叶、花、果加工出来的水、气、液制成人参糖、人参牙膏、人参露酒、人参果剂、人参雪花膏等产品，人参已成了生产饮食、饲料、滋补、保健等营养品和化工日用品的重要原料。

再上大兴安岭

一

黑龙江畔北极天，
西拉木伦河谷川。
内蒙高原东四盟，
东邻松辽小兴安。
巍巍兴安十万川，
黄岗梁峰兴安巅。 ①
美丽富饶金兴安，
绿色生态大家园。

二

莫尔道嘎黑山头，
克什克腾阿尔山。
岭东岭西分水岭，
林海雪域大江源。②
加格达奇牙克石，
林业筑城文明先。
万里兴安大自然，
傲立东方世人叹。

2010 年 9 月 13 日，于黑龙江省塔河县
十八站鄂伦春民族乡。

---

① 巍巍兴安十万川，黄岗梁峰兴安巅：巍
巍兴安十万川，指大兴安岭是内蒙古自治
区东北部及黑龙江省北部山脉的总称，全长
1400 公里，宽约 200 至 400 公里，总面积
28 万平方公里；黄岗梁山高峰巅，指大兴安
岭的最高峰黄岗梁山海拔 2034 米，也是东

北地区的第二高峰，

②　岭东岭西分水岭，林海雪域大江源：指
大兴安岭既是黑龙江、嫩江的发源地，又是
两江的分水岭。

第一高峰长白山

东部山地三省连，
三江之水界河沿。①
东北伸入三江原，
西南延伸黄渤岸。②
西接松辽兴安岭，
东南朝俄三江边。③
东北大地第一峰，
林海雪原长白山。④
中山低山成列排，
西北东南两斜面。⑤
岭脊分水东西河，⑥
千山龙岗老岭线。
山脉北北东方向，

山间谷地小平川。

海岸阶地火山湖，

三个亚区地貌显。⑦

2010 年 9 月 22 日，于吉林省长春市。

---

① 东部山地三省连，三江之水界河沿：东部山地三省连，指长白山地区包括辽宁、吉林、黑龙江三省的全部山地，故又称为东部山地。三江，指鸭绿江、乌苏里江、黑龙江。

② 东北伸入三江原，西南延伸黄渤海：三江原，指三江平原；黄渤海，指黄海、渤海湾。

③ 西接松辽兴安岭，东南朝俄三江边：西接松辽兴安岭，指与松辽平原、小兴安岭交界；东南朝俄三江边，指东南与朝鲜和俄罗斯为邻，三江即鸭绿江、乌苏里江、黑龙江。

④ 东北大地第一峰，林海雪原长白山：东北大地第一峰，指长白山的白云峰海拔2691 米，是东北地区第一高峰；林海雪原长白山，指长白山因其主峰山顶终年积雪，

望去皆白而得名；长白山，从东北到西南全长约 1360 公里，西北到东南最宽处约 400 公里，总面积约 27.3 万平方公里，占东北地区总面积的 22%。

⑤ 中山低山成列排，西北东南两斜面：中山低山成列排，指长白山地是由几列北北东方向平行的中、低山和丘陵组成。

⑥ 岭脊分水东西河：岭脊是两个斜面上各条河流的分水岭和发源地。分水岭以西有清河、浑河、太子河等，以东有浑江、鸭绿江、大浑河、浦石河、云爱河、碧流河等。

⑦ 海岸阶地火山湖，三个亚区地貌显：指长白山地貌有两个明鲜特征：一是山脉呈北北东方向整齐地平行排列，并有宽广的山间谷地；二是熔岩面积分布很广，均在 4 万平方公里以上，有熔岩台地、熔岩中山和低山、熔岩丘陵，以及巨石的休眠火山、火山湖等。

载着希望远航

我喜欢走到青年人中间
体察他们的冷暖
倾听他们的心声
关怀他们的成长

因为
青春
那是最灿烂的年华
青少年
那是祖国繁荣富强的希望

带着希望
兴办军队院校

培养复合型人才

带着希望

筹建平津战役纪念馆

提供爱国主义教育基地

带着希望

捐建将军希望小学

为老区人民送去曙光

带着希望

给青少年讲传统

题词勉励他们奋发图强

不论"居庙堂之高"

还是"处江湖之远"

他们永远是我前进的风帆

催我的人生航船载着希望不断远航

一代人有一代人的使命

一代人有一代人的担当

一代人有一代人的烙印

一代人有一代人的守望

我们要代代薪火相传
让共产主义旗帜高高飘扬

让我们一起举起双手
托起明天的太阳
让我们共同张开臂膀
拥抱我们未来的希望

2011 年 4 月 12 日，于北京。

脚板赋
——八十感言

八十春秋多少步，
重温脚下人生路。
凄风苦雨槌鞋时，
烽火硝烟挑泡处。①
遍体弹痕金刚眼，
两只铁脚中流柱。②
检踪回首述平生，
笔底铮铮脚板赋。

莫叹人生道路艰，
最怕临危脚不前。③
莫叹人生择路难，

最怕临歧脚步偏。④
万里征途足下始，
千钧脚力看发端。
没有比脚长的路，
没有比人高的山。

穷人孩子学步早，
水深火热紧跋涉。
拾柴无济锅中米，
推磨难明昏沉夜。⑤
幼年三历闯关东，
哀鸿遍野虎狼虐。⑥
三座大山不铲除，
男儿有脚空悲切。⑦

八岁参加儿童团，
一杆扎枪亮红缨。
十二投身游击队，
毅然辞家从军征。⑧

初生牛犊探虎穴，
机灵沉着摸敌情。
抗战烽火浓似乳，
化育童子侦察兵。⑨

家国艰危觅学途，
革命读书为一事。⑩
琼林幼学青纱帐，
北斗灯明炉火炽。⑪
少小功夫终身益，
脚根学问军地适。⑫
一步一字写到今，
五车八斗羞应试。⑬

虎符圭璋过眼空，
一生偏爱我是兵。⑭
四十二孔弹穿帽，
六负重伤死复生。⑮
授将无非幸存骨，

捐躯毅然为鬼雄。⑯
漫步林荫手植树，
依旧当年脚下风。

人生最怕脚先老，
养脚自须勤用脚。⑰
饭后日行一万步，
窗前漫录新诗草。
燃藜不许黄昏近，
秉烛倍添华阳好。⑱
哪甘醉享枫叶红，
更喜踏查青未了。⑲

十二从军雨雪霏，
八旬曰归却忘归。⑳
登山乐水壮筋骨，
借寿献芹祝芳菲。㉑
防污岂止沙尘暴，
除患难凭核弹威。

行行复有行行处，
更驰诗笔探幽微。㉒

人生道路本无穷，
全凭双脚去开探。
人生道路各不同，
全凭双眼去分辨。
山重水复志不移，
柳暗花明眼不乱。
无人到处有奇观，
走现成路非好汉。㉓

信有鲁戈能回阳，
相挽兰竹步韶光。㉔
窗临太液涵清气，
花近红墙试淡妆。
枝头响露民恩重，
叶底流苏国脉长。㉕
竹苞兰笋惜根土，

齿杖长青效禹梁。^㉖

2011 年 10 月 10 日，于北京南池子大枣树山泉。

---

① 凄风苦雨槌鞋时，烽火硝烟挑泡处：作者南征北战，深知兵贵神速，走到就是胜利，把急行军的经验概括为一首小诗《走》，成为带兵训练的宝贵财富。

② 遍体弹痕金刚眼，两只铁脚中流柱：作者体内遍是弹片碎渣，至今无法清除。陶渊明《读山海经》："刑天舞干戚，猛志固常在。"鲁迅称之为"金刚怒目"。毛泽东当年在十三陵水库工地见作者身材魁梧，器宇轩昂，军姿英武，称赞是一个"标准的军人""继往开来，中流砥柱。这个名字取得好。"

③ 莫叹人生道路艰，最怕临危脚不前：李白曾作《蜀道难》，叹山高路险之难，作《行路难》感叹人生"行路难，行路难，难在人心反复间。"

④　莫叹人生择路难，最怕临歧脚步偏：临歧，正当交叉路口。《淮南子说林训》说战国时杨朱临歧迷途而哭，后常用以表示世道纷乱，担忧误入歧途。清顾炎武《赠同系闫君明铎先出》诗："春风吹卉木，大海放禽鱼。莫作临歧叹，行藏总自如。"

⑤　拾柴无济锅中米，推磨难明昏沉夜：作者生于苦难深重旧中国的赤贫家庭，自幼在拾柴推磨中练步，衣食难济。毛泽东《浣溪纱》词："长夜难明赤县天。"

⑥　幼年三历闯关东，哀鸿遍野虎狼虐：作者随父母三闯关东，天下乌鸦一般黑，到处谋生苦无路。

⑦　三座大山不铲除，男儿有脚空悲切：空悲切，岳飞《满江红》词："莫等闲，白了少年头，空悲切。"

⑧　十二投身游击队，毅然辞家从军征：作者八岁参加儿童团，并当上儿童团长，是一生革命道路的开端。十一岁参加青年抗日先锋队，少小立志跟着共产党翻身求解放。十二岁参加八路军游击队，是军旅生涯的起点。

⑨ 抗战烽火浓似乳，化育童子侦察兵：作者在游击队中机智勇敢摸敌情，屡建奇功，被誉为"童子侦察兵"。

⑩ 家国艰危觅学途，革命读书为一事：毛泽东 1901 年离开家乡韶山，外出求学，随后投身革命。1920 年 12 月 1 日在"致蔡和森"的信中说："发奋求学""改造中国与世界"。在二十世纪三十年代，一批有识之士发起"读书与革命"运动，倡导"合读书与革命为一事，以精诚和实学救众生。"

⑪ 琼林幼学青纱帐，北斗灯明炉火炽：《幼学琼林》为明清时著名的儿童启蒙读物。作者的幼学琼林是青纱帐里的抗战斗争生活。革命歌曲："抬头望见北斗星，心中相念毛泽东。"

⑫ 少小功夫终身益，脚根学问军地适：古人常说，幼时所学石上刻痕，少小功夫终身受益。作者十分留恋儿童团和青抗先那段宝贵时光。脚根学问：作者有《连长》《带兵论》《带兵经要》《带兵人的桥和船》《军地两用人才学》等专著。

⑬　一步一字写到今，五车八斗羞应试：作者平生惯写日记，先后整理出版一系列专著和九卷文集，一本书信选集、八本诗集，共60多部两千多万字。学富五车，才高八斗，是夸赞学识的惯用语。应试：指科举考试。作者谦称一步一字得来，都是些脚根学问，实用经验，哪敢同那些学富才高者去较试科名呢。

⑭　虎符圭璋过眼空，一生偏爱我是兵：虎符，古时调兵遣将的信物；圭璋，大臣上朝手持的贵重礼器。此处代指勋名衔位。作者平生数十次获军功章，授上将军衔，从战士到大军区司令员，在每级正副职务上的任期大多都在七八年以上。每有人问他一生最喜欢的职位是什么，他的回答都是："战士！"

⑮　四十二孔弹穿帽，六负重伤死复生：作者在一次战斗中八角帽上留下四十二个弹孔。平生六次负重伤，四次起死回生。香港凤凰台记者曾问他死的感觉，他说："什么感觉也没有，战场上谁还顾及是死是活，跟电视剧是两码事。"

⑯ 授将无非幸存骨，捐躯毅然为鬼雄：唐曹松《已亥岁》诗："泽国江山入战图，生民保计乐樵苏。凭君莫话封候事，一将功成万骨枯。"屈原《国殇》："身既死兮神以灵，魂魄毅兮为鬼雄。"李清照《夏日绝句》："生当作人杰，死亦为鬼雄。"

⑰ 人生最怕脚先老，养脚自须勤用脚：俗语讲："老不老，先看脚，人老先从脚上老。"

⑱ 燃藜不许黄昏近，秉烛倍添华阳好：《拾遗记》说后汉刘向在天禄阁校书废寝忘食，仙人点藜杖为其照明。此为勤奋夜读之典。汉刘向《说苑》："老而好学，如秉烛之明"。

⑲ 哪甘醉享枫叶红，更喜踏查青未了：陈毅元帅有咏西山红叶诗，作者曾作《枫叶红》词。杜甫《望岳》"岱宗夫如何，齐鲁青未了。"青未了，青山无尽。作者一生戎马倥偬，在任北京军区司令员和全国人大常委的十几年中，调研走访足迹遍及全国所有省市区、350多个县、400多个村，出访50多个国家和地区。至今仍热衷社会公益事业，四处奔波不息。

⑳　十二从军雨雪霏，八旬曰归却忘归：古诗"十五从军征，八十始得归。"而作者十二从军八旬归。

㉑　登山乐水壮筋骨，借寿献芹祝芳菲：献芹，《列子杨朱》说有人喜欢吃芹菜，推荐给别人，却不合口胃。是礼薄情真的谦词。

㉒　行行复有行行处，更驰诗笔探幽微：古诗"行行重行行"诉远征之苦，作者反其意抒发不断求索之乐。

㉓　无人到处有奇观，走现成路非好汉：宋王安石《游褒禅山记》："世之奇伟瑰怪非常之观，常在于险远，而人之所罕至焉。"鲁迅说过："世上本没有路，走的人多了，便成了路。"毛泽东历来提倡勇于走前人没有走过的路。

㉔　信有鲁戈能回阳，相挽兰竹步韶光：《淮南子览冥训》中的神话传说，鲁阳公作战，斗得兴起，挥戈使将要落下的太阳倒回三座星座宿的位置。后以鲁戈回阳喻指扭转时局的战斗豪情。作者把这神话，引入和平时期人文道德建设。

㉕ 枝头响露民恩重，叶底流苏国脉长：流
苏，古代车驾帷帐上垂挂的五彩穗子。流，
流播，苏，垂布。

㉖ 竹苞兰笋惜根土，齿杖长青效禹梁：齿
杖，《周礼秋官》载，天子授年寿德高者的
手杖称齿杖。禹梁，《风俗通》载，大禹殿
上的栋梁依旧抽枝吐叶。

东昌宝典傲中外

旧城湖中新城外，^①光岳古楼余料盖。^②
五河五湖四塔立，^③运河码头船往来。^④
武松打虎景阳冈，东昌考场文武赛。
莘莘学子伊尹亭，海源阁里藏书开。^⑤
山东快书金瓶梅，孙膑兵法显光彩。^⑥
临清狮猫鸳鸯眼，^⑦武训办学名乞丐。^⑧
农民起义宋景诗，斯年史学堪奇才。^⑨
红色区委冀鲁豫，聊博战役名中外。
民族英雄范筑先，回民支队马本斋。
徐庄支部红堡垒，革命精神历史载。
山陕会馆商家聚，驴皮阿胶健康材。^⑩
吊炉烧饼炭鳌烤，壮馍大饼传世代。^⑪
莘州豆腐甩三甩，磨橛馒头真叫帅。

名肴下酒铁公鸡，^⑫铜锣一响宴席摆。^⑬
金光大道幸福路，红色绿色众人爱。

2012年4月19日，于山东省聊城市东昌湖。

---

① 旧城湖中新城外：东昌府旧城在东昌湖中，新城围湖而建。城河湖一体的城市格局独具特色。

② 光岳古楼余料盖：光岳楼，位于东昌府古城中央，建于明洪武七年（1374年），其通高33米，合九丈九尺，是极阳之数，合于易理；分五层而建，暗对河洛之数。光岳楼是历史文化名城东昌府的标志性建筑，也是目前我国现存的最高大、最古老的古城阁之一，是全国重点文物保护单位。

光岳楼是由明洪武时的东昌府东昌卫守指挥事陈镛出于"严更漏而窥敌望远"的军事需要用修城所余的木料修建的。当时，人们称它为"余木楼"，又因此楼有鼓声报时的功能，人们也称之为"鼓楼"。明成化二十二年（1486

年），吏部考功员外郎李赞过东昌，访太守金天锡先生，共登此楼，对该楼赞叹不已，与天锡评，命之曰："'光岳楼'，取其近鲁有光于岱岳也。"此后，历代重修碑记中，一直沿用"光岳楼"的名称。光岳楼主楼全系木质结构，但能经历 600 多年风雨而完好地保存下来，不仅有着很高的科学价值，而且也有很高的艺术价值。

③ 五河五湖四塔立：五河，即黄河、金堤河、徒骇河、马颊河、漳卫河；五湖，即东昌湖、鱼邱湖、洛神湖、双河湖、金牛湖；四塔，即燕塔、铁塔、古塔、舍利塔。五河五湖构成了聊城地区的水网。

④ 运河码头船往来：古运河聊城段属会通河。1411 年，会通河疏通，东昌府成为运河沿岸 9 大商埠之一。乾隆年间漕运达到鼎盛时期，东关大码头一带尤为繁华，太汾、山陕、苏州、江西、武林、赣江 6 处会馆傍河而立，河中商船络绎不绝，岸边货积如山。附近的太平街、双街、小东关 3 条街巷，商业发达，市井热闹繁荣，时有"金太平、银双街、铁打

的小东关"之称。

会通河疏通后,临清也发展为鲁西北重镇。明正统十四年(公元1449年),开始在运河东修筑临清城,设有头闸口、二闸口、前关3个自然码头,鳌头矶、钞关亦小有名望。

⑤ 海源阁里藏书开:海源阁,由清代江南河道总督、著名藏书家、东昌府人杨以增创建于道光二十年(公元1840年)。总计珍藏宋元明清木刻印刷书籍4000余种、22万余卷,金石书画不胜枚举。中国历史博物馆将海源阁与江苏常熟瞿绍基的"铁琴铜剑楼",浙江杭州丁申、丁丙的"八千卷楼",浙江吴兴陆心源的"皕宋楼"并称为清代四大私人藏书楼。还将海源阁与北京的"文渊阁""皇史宬"以及宁波的"天一阁"并列为中国历史上官私藏书的典范。

⑥ 孙膑兵法显光彩:孙膑,战国中期齐国人,生于今山东省聊城市阳谷县阿城镇一带。

⑦ 临清狮猫鸳鸯眼:临清狮猫,是由门色蓝眼睛的波斯猫与花色黄眼睛的本地猫杂交繁育出来的变异品种。在诸多品种中,以一只蓝

眼、一只黄眼，白毛拖地的雪狮子最为珍贵。人们称其为"鸳鸯眼狮猫"。它那只蓝眼犹如一澄湖水，一块宝石，晶莹剔透。那只黄眼似熔金落日，金光闪闪，清澈透明。狮猫以其昂贵的身价，在世界宠物市场上有一席之地。

⑧　武训办学名乞丐：武训（1838－1896），清末行乞办学的名人。堂邑人，原名武七，亦称武豆沫，清廷为嘉奖其兴办封建教育之功，取"垂训于世"之意，替他改名武训。武训7岁丧父，乞讨为生，求学不得。14岁后，多次离家当佣工，屡屡受欺侮，甚至雇主因其文盲以假帐相欺，谎说3年工钱已支完。武训争辩，反被诬为"讹赖"，遭到毒打，气得口吐白沫，不食不语，病倒3日。吃尽文盲苦头，决心行乞兴学，20岁时当了乞丐。30岁时，在馆陶、堂邑、临清3县置地300余亩。光绪十四年（1888）与杨树坊在堂邑柳林镇创办崇贤义塾，次年与了征和尚在馆陶杨二庄创办义塾，光绪二十二年（1896）又与会门首领施善政在临清镇创办义塾。清廷封其为"义学正"，赐给黄马褂和"乐

善好施"匾额，准予建立牌坊。1896年12月5日武训在临清他所创办的御史巷义学去世，殁后葬于当时的崇贤义塾东壁外，即今武训墓所在位置。武训的精神广为后人敬仰效仿，死后山东巡抚袁树勋奏准"宣付国史馆立传"，建忠义专祠。主要建筑有武训祠和武训墓。武训祠堂始建于1903年，仅三间。

⑨ 斯年史学堪奇才：斯年，指傅斯年（1896年3月26日——1950年12月20日），字孟真，山东东昌府人，历史学家、学术领导人、五四运动学生领袖之一、中央研究院历史语言研究所的创办者。他所提出的"上穷碧落下黄泉，动手动脚找东西"的原则影响深远。

⑩ 驴皮阿胶健康材：据《中国药学大辞典》对古东阿镇一带熬制阿胶的要素作了明确的记载："每年春季，择纯黑无病健驴，饲以狮耳山之草，饮以狼溪河之水，至冬宰杀取皮，浸狼溪河内四五日，刮毛涤垢，再浸漂数日，取阿井水，用桑柴火熬三昼夜，去滓滤清，再用银锅金铲，加参芪归芎橘桂甘草等药汁，熬制成胶，其色光洁，味甘咸，气清香，此即

真阿胶也。"阿胶，主要成分是驴皮，主治功能是补血滋阴，润燥，止血。

⑪　壮馍大饼传世代：壮馍，顾名思义，壮者也。其制作时一般用 20 公斤左右的小麦精粉，配以葱姜，辅以五香料粉，做成厚约 10 厘米，直径近 1 米的圆形大饼，品尝时以快刀切开上盘。有民谚为证："上面烘，下面烧，女人吃了不撒娇，男爷们吃了好杠腰。"壮馍是干粮中的巨无霸，其"味"之香，其"劲"之足，非亲口品尝，难知滋味，真是越嚼越香，越香越嚼，而且香在口里，美在心里。

⑫　名肴下酒铁公鸡：铁公鸡，是魏氏熏鸡的雅号，又名铁鸡。这是老舍 1935 年夏在青岛与朋友在小酒馆时，见这鸡的皮色黑里泛紫，还有点铁骨铮铮的样子，又想到铁面无私的黑包公和济南铁公祠里的铁铉，故起了这个铁公鸡的别称之名。

⑬　铜锣一响宴席摆：指神话传说小铜锣的故事，传说按号一敲响小铜锣，酒肉宴席就摆满了。

八十岁月走高原

行程万里邛滇黔，云贵高原万重山。
苍茫大地群峰立，沟壑纵横雄关险。
红色故土星光闪，遵义会议乾坤转。
四渡赤水豪壮举，万里长征史无前。
战争硝烟沥肝胆，难忘进军大西南。
解救民众出苦海，日行百里铁脚练。
革命精神丰碑灿，征粮剿匪建政权。
青春无悔担使命，新旧社会两重天。
金沙赤水乌江欢，苗岭武陵娄山关。
乌蒙主峰韭菜坪，赫章钟山最高巅。
山环水绕林海穿，七十二拐玉龙盘。
南方丝绸五尺道，夜郎国里远古观。
特色歌舞颂英雄，多彩民族大经典。
金绣银饰七彩装，风雨桥畔对歌恋。

苗族飞歌上刀山，侗族大歌踩鼓宴。

水族斗牛绘画卷，仡佬打婚笑开颜。

土家摸红情更浓，民族风俗多娇艳。

布依跳花彝跳菜，迎宾糯米国酒甜。

岜沙人爱生死树，泸沽湖畔阿夏传。

鱼鸟花香万峰林，八音坐唱沁心间。

壮美瀑布溪水潺，秘洞奇谷江河川。

人间天堂海故乡，历史文化述语言。

立体交通大发展，坝坡小楼起家园。

经济腾飞前景秀，绿色旅游融自然。

时代英姿风情展，移风易俗好习惯。

全民健身气候爽，生活质量在升攀。

国防科技跃高端，卫星上天耀宇寰。

航天骄子傲中华，祖国强盛人民安。

高原风光春无限，知行合一勤实践。

生命咏叹原生态，循律科学天地宽。

八十岁月步履坚，心系人民终身献。

千秋伟业铸辉煌，保卫江山续新篇。

2012年6月25日，于贵阳至北京的航班上。

生命的浪花

世上有一种
最奇异的花
那就是
生命的浪花

无须播种育苗
不必嫁接扦插
或乘风雨雷电而降
或从岩罅林泉喷发
经由一条条涓涓细流
汇入江河
奔向大海
一路高歌绽芳华

无暇孤芳自赏

不意流到笔下

每当重翻"流水账"

却发现

世上千姿百态的花朵

谁也比不上她

连自己都觉得惊讶

心地纯净本真

洗礼山川草木

不沾一毫铅粉浮华

通体澄澈清莹

吐纳阳光月魄

滋荣万物

溢彩流霞

惯与风雨同行

乐在裂壁崩崖

善于流动作战

不恋园圃小家

周流大千世界
性状绝不退化
一路欢歌琴曲
掀动天风海浪
好一个
声闻天下的解语花

生命的浪花
品格的象征
一朵浪花一生命
轻伤重伤
真情实录
鲜血铸成

浪花虽小
但志存高远
壮阔雄浑
汇入历史洪流
激荡宇宙乾坤

浪花虽小

但气象万千

内涵深邃

昭示沧桑正道

启迪人类智慧

浪花虽小

但分秒守恒

勤奋专注

一点一滴

向着目标昂首阔步

浪花虽小

但见多识广

经历丰富

在命运的抗争中

砺炼中流砥柱

浪花虽小
但奋不顾身
激流勇进
一次次出生入死
开拓人生道路

浪花虽小
但善于吸取
参融今古
探索生命之源
沉浸学海深处

浪花虽小
但生存力强
不择条件
有生命的地方
就有她的奉献

浪花虽小

但凝聚力量

亲和向善

与生生万物

和谐共建

浪花虽小

但能量无穷

身手不凡

每到一处

都是绿意盎然

浪花虽小

但活力无限

境界恢宏

一次次起伏开落

诠释着生命的永恒

浪花

鲜活灿烂

浪花

闪烁哲思情彩

浪花

孕育科学发现

浪花

跳动历史脉搏

浪花

催发未来航船

浪花

激荡进军号角

浪花

啸动雄师百万

浪花

谱就壮丽诗篇

生命的浪花

是一种人生境界

生命的浪花

是一种人生理念

一朵浪花

只有融入大海

才会澎湃不息

壮美浩然

一湾溪水

只有汇入江河

才会搏击勇进

奔腾久远

一个人

只有投入宏伟大业

才会实现价值

精彩无限

路漫漫

正诚勤志军旅情

朴乐新明民为先

千锤百炼砺人生
披荆斩棘永向前
朝着共产主义美好明天
向前
向前

2013 年 10 月 10 日，于北京南池子。

三亚

登山五岳，看海天边。

北览长城，南游海南。

河美在曲，海丽于湾。

浪漫南国，山水经典。

海洋大省，丰富资源。

椰风海韵，诗意画卷。

四季常青，阳光沙滩。

滨海鹿城，港湾岛山。

温泉岩洞，森林奇观。

黎苗村寨，林居田园。

热带雨林，原始天然。

热带水果，独具特点。

南药入典，历史贡献。

瓜果蔬菜，进京支援。

天涯海角，寿比南山。

环境优美，空气新鲜。

大爱无言，碧海蓝天。

美丽富饶，健康家园。

热爱生活，拥抱自然。

旅游胜地，留连忘返。

2014 年 3 月 22 日，于海南省三亚市鹿回头。

沁园春·琼岛海湾

　　碧海浩瀚，白云蓝天，浪花拍岸。似银龙舞动，天女散花，山水恋歌，风情无限。沧海桑田，诗韵画卷，椰林村寨映相伴。看琼岛，处处是春天，魅力海湾。

　　天涯海波致远，纳百川，九十九曲湾。军民固海防，祖国前卫，民富国强，长城利剑。海阔天高，五洲四海，金色海湾铸江山。扬风帆，忠诚缚苍龙，港湾壮观。

　　2014 年 3 月 26 日，于海南省三亚湾。

拥抱自然

东西南北天地宽，大千世界宇宙间。
雨露滋养万物壮，自然本是生命泉。

三山五岳景万千，巍峨壮丽气宇轩。
赤橙黄绿青蓝紫，祖国江山多娇艳。

黄河长江如父母，青藏屋脊大河源。
万里长城连三北，^①塬沙林草白云天。^②

珠江水润六省田，珠三角域冠岭南。
四大名山兴广东，民富国强看发展。

独一无二阴阳石，赤壁丹崖丹霞山。

四十华里清泉群，秀丽幽静西樵山。

天溪龙潭清风抱，天然植物鼎湖山。
谷涧彩带银河下，蓬莱腾飞罗浮山。

年过八旬步履坚，山水踏歌爱自然。
险峰峻岭映朝霞，远望神怡情无限。

2014年4月5日，于广东省韶关市仁化县丹霞山。

---

① 万里长城连三北：三北，指东北、华北、西北。

② 塬沙林草白云天：塬，指黄土高原和平原；沙，指沙漠；林，指森林；草，指草原。

历练铸征程

童年磨难闯关东，三座大山压迫重。
人小志坚不怕苦，敌我分明刻心中。

一标红樱闹革命，日伪据点摸敌情。
出生牛犊不怕死，智勇童子侦察兵。

参军入党道路正，部队熔炉铸人生。
为了人民献青春，南征北战铁骨铮。

血洒疆场激战勇，行军打仗练本领。
淮海渡江进西南，面对生死往前冲。

剿匪征粮建国政，灵活机动妙计增。

特种神勇便衣队，土匪顽敌美梦崩。

坚守北疆斗风雪，四边思想众志成。
寒区蔬稻开先河，阵地建设保打胜。

军校改革重工程，教学管理开智能。
合格过硬靠实练，名牌学校将才声。

北国利剑大练兵，五维战场能打赢。
瞄准未来制高点，捍卫祖国为和平。

深入部队基本功，三个一线力无穷。
带兵真谛十三法，科学带兵砺峥嵘。

议军制度党领导，拥军书记好作风。
后备力量固国防，军民共建攀高峰。

抵近前沿勘敌情，方案高超战略明。
积极防御守国土，两山作战军威英。

勤俭治军赤胆忠，六十岁月履军中。
十部专著带兵论，情铸雄师精兵红。

抗震救灾不怕险，扶贫办学真爱贡。
深入实际民情察，国强民富伟业宏。

学习实践一身公，老兵练兵不放松。
走访参观常充电，唯物辩证方之聪。

足迹践行座右铭，尊严威信自律定。
正诚勤志民为先，朴乐新明军旅情。

家规鉴谏润无声，敬老爱幼是本能。
只予不取比觉悟，真情无价朝阳升。

立法执法为民众，国体政体保畅通。
调查研究固国根，共同富裕江山统。

简朴生活心境净，乐观向上天地明。
豁达高远生大爱，踏遍青山两袖清。

人生历练映征程，无私无畏铿锵声。
为民服务勤恒行，耄耋年华新征程。

2014 年 4 月 10 日，于广东省惠州市。

人生之歌

天地人生自然，无需粉饰装扮。
学习实践创新，万物能量无限。
理想使命在肩，奋斗耕耘实现。
解放劳苦大众，建立人民政权。

人生战斗之歌，烽火连天向前。
不怕流血牺牲，无私无畏奋战。
英勇顽强战斗，负伤不下火线。
青春之火燃烧，谱写人生诗篇。

生活平平淡淡，触摸亲近自然。
无论人生长短，价值在于奉献。
正诚勤恒志远，排除千难万险。

绽放人生精彩，建设美好家园。

为民谋取幸福，生命足迹无憾。
只予不取致远，大写人生铸坚。
面对各种挑战，捍卫人民政权。
会唱歌的人生，乐观向上天天。

2014 年 4 月 13 日，于广东省珠海市。

内蒙古高原①

北方原野地貌全，蓝天白云胜画卷。
高原平原丘陵地，山区沙漠湖河川。
横跨三区邻俄蒙②，八千里路边防线。
东林西矿中草原，南粮北牧三座山③。
沙漠之洲黄河唱，穿沙公路杭锦湾。
丝绸之路大陆桥，中外贸易大发展。
红山文化历千古，稀土锗源世界先。
民族团结国家兴，北疆明珠耀宇寰。

2014年9月28日，于内蒙古自治区锡林郭勒盟二连浩特市。

---

① 内蒙古高原：东起大兴安岭西麓，南至阴山山脉北麓，西、北与蒙古国接壤，西南

到戈壁阿尔泰山，主要包括呼伦贝尔高原、二连高原、鄂尔多斯高原、阿拉善高原。内蒙古总面积 118.3 万平方公里，其中高原约占 53.4%；山地占 20.9%；丘陵占 16.4%；平原与滩川地占 8.5%；河流、湖泊、水库占 0.8%。由东北向西南斜伸，呈狭长型，东西直线距离 2400 公里，南北跨度 1700 公里。

② 横跨三区邻俄蒙：三区，指东北、华北、西北三大区；俄，指俄罗斯；蒙，指蒙古国。

③ 南粮北牧三座山：三座山，指大兴安岭、阴山、贺兰山。

重温世界军事万用通律
《孙子兵法》感赋

头枕黄河浴沧海，　旷世武圣娘胎来。

悠悠古城兵家地，　故园遗风惠千代。

孙子兵法十三策，　军家圣典育人才。

研求发展日月长，　古今中外百花开。

多语译传数十版，　博论精深誉中外；

诸国军校必修课，　美军将士随身带。^①

和平战争大学问，　谋划胜负战场赛。

历朝军杰拜孙武，　三国战事真彩排；

三十六计巧演绎，　运筹帷幄战不殆。

主席用兵妙如神，　出奇制胜敌难猜；

游击战术持久略，　抗日伟名贯四海；

雄师百万速决战，　穷寇顽蒋龟缩台；

抗美援朝天兵降，麦克阿瑟亦溃败；

三个世界划分好，五洲震荡纸虎哀；

独立自主强祖国，两弹一星憾世界；

"伐谋""伐交"大战略，治国安邦国门开；②

乒乓小球推寰球，老尼借路上门来；

兵学广推经商热，各国论著犹过百；

众力创新大智慧，绿色革命荡雾霾；

五事七计知己彼，政经诸谋承一脉。③

霸权两战称反恐，和平演变毒箭彩。④

瞬息万变突袭战，五维战争打金牌。

民安国泰保和平，存亡攸关岂可怠？

重战备战固长城，红色江山永不衰。⑤

2015 年 3 月 24 日，于山东省惠民县。

———————————

① 美军将士随身带：在海湾战争和阿富汗战争
中，美军将士人手一册《孙子兵法》。

② "伐谋""伐交"大战略，治国安邦国门开：
《孙子兵法》中的"上兵伐谋，其次伐交，其次
伐兵，其下攻城"意思为：上等的军事行动是用

谋略挫败敌方的战略意图或战争行为，其次就是用外交战胜敌人，再次是用武力击败敌军，最下之策是攻打敌人的城池。"不战而屈人之兵"是《孙子兵法》的最高境界。伐谋、伐交、伐兵是常用的战略。

③ 五事七计知已彼，政经诸谋承一脉：以"五事七计"为中心内容的战略预测思想和运筹理论，是《孙子兵法》全书的核心思想之一。五事即"道、天、地、将、法"，分别指政治、天时、地利、将帅素质、军事体制等五个方面。而"七计"是由"五事"演绎而来，是指从七个方面即从双方政治清明、将帅高明、天时地利、法纪严明、武器优良、士卒训练有素、赏罚公正来分析敌我双方的情况。

④ 霸权两战称反恐，和平演变毒箭彩：两战，指阿富汗战争和伊拉克战争。

⑤ 重战备战长城固，红色江山永不衰：重战、慎战、备战，以确保"安国安军之道"，是《孙子兵法》的基本思想。

从巴彦浩特镇到额济纳旗

一望无际戈壁滩，
现代公路一线穿。
车行千里苍茫茫，
戈壁草原网围栏。

天低云淡多干旱，
地薄野阔少人烟。
四大沙漠神秘境，
蒿草花棒固丘源。

高速公路正修建，
火车汽车风姿展。
大漠丰碑刺苍穹，

国防工程人造山。

风力发电太阳板，
地下电缆建齐全。
成群羊驼悠闲地，
苏木嘎查绿营盘。

弱水金沙居延海，
顽强胡杨迎风站。
九月骄阳红胜火，
层林尽染额旗现。

2016 年 9 月 16 日，于内蒙古自治区额
济纳旗达来库布镇。

刘邓大军第一师

　　辉煌八一，雄师劲旅。二零五师，军中传奇。铁血黄麻，刘邓主力。血火考验，创造奇迹。优良传统，难忘战绩。光耀华夏，可歌可泣！

　　黄麻起义，诞生鄂东革命第七军。编为红军，创建鄂豫皖革命根据地。四次反围剿，红四方面军战略转移。转战三千里，川陕根据地辉煌时期。长征历尽艰辛，三军会宁会师。抗日烽火起，改编隶属一二九师；师长刘伯承，邓小平任政委，副师长徐向前。建东进抗日纵队，开辟革命根据地；陈再道任司令员，政治委员李菁玉。战斗连队成先锋，创平原游击范例。

进军临安，发起漳南战役。合编冀鲁武装，定名新编八旅，旅长张维翰，政委肖永智、王近山。坚守冀南，反日寇"铁壁合围"；鲁西游击，扩大敌后根据地。人民战争，野战军地方军民兵三结合；人民武装，向平汉津浦路东西大发展；村自为战，地道战地雷战平原游击战。战日伪，赵官砦六十二烈士血洒鲁西。攻刘营，第四连一十八官兵史册留名。百团大战，钢铁战士王汝汉战斗英雄。淖马战斗，全国战斗英雄刘尚武王金元。五员功臣，全国青年特等功臣申鸿喜。开辟滏西，冀南太行连成一片。南乐战役，拉开战略反攻序幕。转战各地，威震敌胆。平原抗日，中流砥柱。艰苦卓绝，胜利不易。保卫和平，针锋相对斩断蒋阎黑手。上党战役先锋，潞城攻坚英雄，邯郸地区鏖战，聊博一役除患。

欢庆抗战胜利，编成晋冀鲁豫第二纵队四旅，旅长孔庆德政治委员刘明辉。

出陇海路，跨黄河堑。千里跃进大别山，纵横驰骋鄂豫皖。羊山歼灭战，十团八连二排全部殉国；血战顿庄村，白刃格斗大功连再荣猛虎连。淮海之一役，全旅一千一百二十八人牺牲。攻如猛虎，守如磐石。"攻无不克先锋连"称颂，"强渡黄河第一连"赞叹，"白刃格斗大功连"涌现，"稳如泰山第七连"诞生，十团"大功第三营"授予，称号"刀子十二团"命名，离石团获"能攻又能守天下无敌手"称雄。

迎接全国解放，统编为二野十军第二十八师；五统四性强军，师长陈中民，政治委员姚克佑。渡江作战，安庆解放，仁义之师露宿四邻；岳西肃匪，六安巩固，正义之师威震八方。进军西南，桐城授旗威武之师所向披靡；强渡乌江，遵义复克文明之师消灭宋匪；挺进峨眉，竹园铺全歼胡匪"第一团"；千里追击，一十六县人民重见天；成都一役，川康云贵得解放。

宜宾剿匪，新生政权获巩固。攻占昌都，西藏和平奠基础。抗美援朝，全师二排赴前线。抗日灭蒋，歼敌二十一万九千余。群英聚会，特功大功四百一十八。英烈名录，牺牲负伤一万又六千。

巍巍东方，大国诞生。加强国防，建正规军。升级扩编，重装之师。回师华北，编入六十九军。驻防保定，拱卫京畿重地。建设十三陵水库，与领袖同洒汗水。津西冀西抗洪，涌现十一烈士。拥政爱民，国防部追授谢臣"爱民模范"称号，再授生前所在五班"谢臣班"。全军比武，总参命名报话班"全军训练尖子班"，中央军委再命"张振生班"。

六十年代，北疆形势严峻。毛主席签署命令，部队昼夜北进。更名二零五师，直至前线乌盟。塞外山城，兵家必争；主要阵地，战略要冲。驻守要塞，行无路寝无房；准备打仗，马缺草人缺粮。茫茫山野，深挖洞广积粮建坚固阵地；漫漫风雪，换装备练精兵守祖国北疆。打高技术战争与阵地战并举，陆空二炮地方兵团立体协同。寒区生存生活，部队种菜开先河；坚持常备不懈，六一四团立头功。构筑防御体系，打防吃住藏管通；地下钢铁长城，支撑点工事配套。总参组织观摩，"三北"部队推广。拓路建千里通途，开荒造万亩良田。"三打五防"本领过硬，"四熟六会"精益求精。军民共同守边疆，村镇区城协作同战斗，政府军队团结一家亲；军民共建新驻地，谢臣小学弘扬为民心，爱民旗帜高扬色不褪。条件差，五代营房艰苦莫过地窨子；时间长，卅载坚守累计十五万官兵。北国利剑，功垂当代。时代所需，缩编进驻呼集地区；精神不变，师旅为营移驻大同。

滚滚江河，长江岷江金沙江澜沧江横跨十江；涛涛巨浪，黄河淮河赤水河大渡河渡过百河。巍巍群山，太行山大别山横断山翻越千山；漫漫征程，华北华中华东中南西南横扫万里。壮哉，刘邓第一师：英雄部队勇猛善战，善打大仗敢打恶仗，十五省高扬胜利旗帜。艰苦奋斗赤胆忠诚，保卫边疆建设边疆，二千县传承为民精神。

盛世思源，军民撑起和平蓝天；环球展望，丹心耕耘幸福大地。赋曰：高天群山原野阔，锻造文韬武略；雄师劲旅彪史册，书写纵横捭阖。脑包山风绘丹青，点缀江山万里红。英雄辈出神州行，热血肝胆昭后人。七十六春秋，玉汝于成铸丰碑；壮哉吾师，雄师劲旅第一师！

2015 年 10 月 1 日，于北京天安门。

补注：

一九二七年十一月十三日，湖北省黄安、麻城三万余名农民自卫军和义勇军在共产党领导下攻打黄安县城，成立了黄安农民政府，组建了工农革命军鄂东军，史称"黄麻起义"。一九二八年一月，鄂东军在黄陂木兰山改编为中国工农革命军第七军。七月，改编为中国工农红军第十一军第三十一师。

一九三一年十月底，红第十一军第三十一师扩编组建红四军，十一月七日，红四军与红二十五军改编为中国工农红军第四方面军。

一九三二年十月十日，红四方面军撤离鄂豫皖根据地，转战川、陕边界，在四川省通江县建立了川陕革命根据地总指挥部。

一九三五年三月，红四方面军长征北上，两过雪山草地。一九三六年十月十日，与红一、红二方面军胜利会师于甘肃会宁。

一九三七年八月，红四方面军主力与部分陕北红军在陕西三原改编为八路军第一二九师。师长刘伯承，政治委员张浩。一九三八年一月，邓小平接替张浩任政治委员。原红四军改编为一二九师三八五旅，所属十师改编为七六九团、十二师改编为七七零团；原红三十一军改编为八路军一二九师第三八六旅，所属第九十一师改编为七七一团、第九十三师改编为七七二团。

一九三七年十二月五日，为开辟冀南抗日根据地，第一二九师三八六旅副旅长陈再道奉命组建东进抗日纵队，由三八五旅七六九团第四、第五、第十连和机枪连，另第七七一团、第七七二团和第七六九团三个团的骑兵排组成一个骑兵连，共五个红军连组成。陈再道任司令员，李菁玉任政治委员。后宋任穷带领一二九师骑兵团赴冀南加强。

一九三八年十二月，一二九师李聚奎到鲁西北成立抗日先遣纵队，任司令兼政委。合编地方武装卫河支队为一团；磁县大队、鲁西二团为二团；博平、荏平县游击大队为三团。

一九四零年六月，先遣纵队、筑先纵队合并为一二九师新八旅，下辖二十二、二十三、二十四团。旅长张维翰，政委肖永智，代理政委王近山，副旅长孔庆德。

一九四五年十月，晋冀鲁豫野战军二纵正式成立。司令员陈再道，政治委员宋任穷。四旅旅长孔庆德，政治委员刘明辉。

一九四九年二月，全军统编，中原野战军

为第二野战军，第二纵队第四旅编为二野十军第二十八师，辖八二、八三、八四团并炮兵营。师长陈中民，政委姚克佑，年底于笑虹接任政治委员。

一九五一年七月，改装整编，由西南军区十军二十八师改称华北军区十军二十八师。师长陈中民，政委于笑虹。

一九五二年四月，八三团调入工程兵，八四团改为八三团。后扩编重装师，增炮兵团、战车团，调一八四师五五零团为八四团。五月，移驻河北定县，改称华北军区二十三兵团二十八师。

一九五三年三月，二十三兵团改建六十九军，遂改称华北军区六十九军二十八师。师长陈中民，政委高世平。

一九五五年，师长王一，政治委员高世平。

一九六九年十月，由六十九军二十八师改称二零五师。师长杨茂林，政委罗国斌。十二月，罗保田任师长，刘一元任政治委员。八十二、八十三、八十四团改称六一三、六一四、六一五团、炮兵团，加强大口径炮兵团、坦克团、高炮团、防坦克炮兵团等。

一九八五年十一月，第六十九军与第二十八军合编为第二十八集团军。

一九九八年十月，第二十八集团军军部撤销，步兵第二〇五师改编为步兵第二〇五旅，部队移防内蒙古呼和浩特市，转隶内蒙古军区。

二〇〇三年十月，步兵第二〇五旅撤销，只保留解放战争时期被授予"大功营"荣誉称号的二营，"爱民模范"谢臣生前所在炮兵连编入该营，统一调入转隶第二十七集团军八十二旅第四营，驻防山西大同。

这支正义之师、威武之师、文明之师、胜利之师，是从农民起义军、红军、八路军到人民解放军的英雄部队，是用党的先进思想理论武装起来的，是在人民战争中发展壮大的，始终高举党的旗帜，发扬优良传统作风，发扬攻如猛虎守如泰山的战斗精神，具有无比坚强的战斗力。在长期的革命实践中，培养出了许多建党建军和建国的优秀人才，涌现出了陈再道、李聚奎、高厚良、钟汉华、范朝利、王维纲、王蕴瑞、张维翰、肖永智、袁仲贤、胡超伦、唐哲民、乔晓光、王近山、孔庆德、刘明辉、王幼平、王波、万海亭、李福尧、黄承衍、罗崇福、田士周、吴诚忠、赵海枫、甘思和、许梦侠、卢彦山、赵晓舟、陈中民、姚克佑、赖达元、刘元奎、金再光、王俊、于笑虹、王一、高世平、冉泽、郭英、张东景、刘吉普、时云峰、赵健民、卢大东、周光策、张北华、黎觉亭、宋思传、郭振生、高学贵、曹西康、程超、张广友、燕翼、杨茂林、罗保田、刘一元、周溪波、李来柱、张恒才、兰贵芳、于鸿礼等一大批具有非凡革命胆略和军事指挥才能的战将、猛将、名将；涌现出了刘昌、王长年、董启强、李文政、訾修林、李大清、戴秉孚、杨立功、李玉茹、闫可风、颜世春、罗国斌、黄信生、息中朝、刁丛洲、杨恩博、王舜、王培、李明、李朝智、张同进、张晓剑、王建欣、陈金泉、杨绍年、孙诗煌、任宗清、刘伟伟、刘茂杰等一大批具有理想信念和坚定党性原则的将军；涌现出了王汝汉、刘尚武、王金元、申鸿喜等全国战斗英雄和被国防部追授"爱民模范"称号的谢臣和谢臣班以及赵官砦六十二烈士等。

荣立大功的单位40个，荣立一等功的单位9个，荣立二等功的单位51个，荣立特等功的2人，大功功臣409人，一等功臣25人，二等功臣87人。这623个英雄单位和个人，是部队的旗帜，是学习的榜样，是勇往直前的号角，是克敌制胜的强大力量！忠诚铸军魂，血战壮军威；英雄的部队，伟大的战士。

铭记历史，开拓未来。许多老同志非常怀念老部队，非常关心下一代教育，并建议为这支英雄部队建园立碑树群英像。为继承英雄部队的光荣传统，发扬英雄部队的不朽精神，感恩英雄部队的培养锻造，更好的富国强军，保卫好社会主义江山，特作此赋，以示纪念。薪火传递，精神永恒。未尽之处，期待补正。

库布齐沙漠治理方略

锁住四周，腹部渗透。
以路划区，分块攻取。
科技支撑，政策拉动。
产业创新，法制促进。
围栏封育，以草定畜。
因害设防，农牧林网。
种草植树，金峰碧谷。
固沙防风，世纪工程。
资源增值，治沙奇迹。
党政军群，综合治理。
大漠绿洲，生命之路。
自然壮美，造福人类。

2016 年 9 月 21 日，于内蒙古自治区杭锦旗库布齐沙漠七星湖沙漠酒店。

内蒙古高原行

耄耋之年走边关，壮心不已情怀展。
从东到西八千里，走访参观重调研。
广袤土地美丽乡，十二盟市百旗县。
苏木嘎查新气象，绿色革命富民安。
东林西铁遍地煤，三山六水六草原。①
戈壁荒漠现绿洲，喜看大漠镶绿边。
防风治沙创奇迹，沙峰绿谷湖风鲜。
沙漠绿洲是出路，千秋大业持久战。
沙漠十宝益健康，②沙业兴起促发展。
中秋佳节看航天，天宫二号冲云端。
胡杨品格大地立，北疆卫士意志坚。
党政军民齐奋战，人进沙退建家园。

2016年9月23日，于阿拉善返京的汽车上。

① 三山六水六草原：三山，即指兴安岭、阴山、贺兰山；六水，指内蒙古外流水系，即自东而西有额尔古纳河、嫩江、辽河、滦河、永定河、黄河 6 个水系，总流域面积 61.34 万平方公里，汇入鄂霍次克海和渤海。

② 沙漠十宝益健康：沙漠十宝，指肉苁蓉、锁阳、黄芪、甘草、枸杞、麻黄、柴胡、沙棘、沙漠羊、沙米。还有长柄扁桃、华北大黄、王不留行、霸王、玉竹、苦豆子、角蒿、菟丝子、沙漠鸡、沙葱、远志、发菜等等。

吾心依然

耄耋之年一瞬间，好像还在青少年。
烽火熏陶炼意志，戎马为民永向前。

南征北战历艰险，负伤从不下火线。
大仗硬仗恶战急，关键时刻敢亮剑。

带兵治军十三法，[①]雄师劲旅谱新篇。
身先士卒做表率，知兵爱兵重实践。

卫戍北疆战风寒，生存能力经考验。
四边思想战斗队，北疆卫士不怕难。

办校育人太行山，破旧立新学术先。

教学管理勇改革，军校铿锵胜西点。

大区岗位使命担，战区建设思想坚。
两山轮战砺精兵，北京维稳忠诚见。

红色因素育后人，艰苦奋斗本色鲜。
清廉简朴严律己，无私奉献润心田。

勤恒学习乐知然，升华境界不间断。
不忘初心信仰真，民富国强大如天。

---

① 带兵治军十三法：在长期的带兵实践和
科学总结中，形成了带兵十三法，它以历史
唯物主义和辩证唯物主义为指南，以全面合
格过硬的精兵劲旅为目标，以保卫祖国为使
命。带兵十三法，它不仅是带兵人的桥和船，
更是带兵人的法。（1）履职尽责带精兵；（2）
亲如兄弟真爱兵；（3）同甘共苦深知兵；（4）
从难从严实练兵；（5）依据法律规范兵；（6）

思想疏导重育兵;（7）坚持原则严掌兵;（8）公正廉洁德服兵;（9）模范带头身率兵;（10）依靠骨干兵管兵;（11）服务保障会养兵;（12）机动灵活善用兵;（13）英勇顽强战斗兵。

世界红枣看中国①

中国北方红枣乡，黄河两岸千万庄。

黄色小花五角形，上小下大茶壶状。

铁杆庄稼上了纲，滋阴补阳食疗方。②

颗颗红枣救灾粮，军民鱼水情意长。③

耐旱耐涝八千年，进化培育堪优良。

百个品种上了榜，泥河沟村枣树王。④

2016 年 11 月 28 日，于北京南池子大枣
树甜水井。

---

① 世界红枣看中国：中国是红枣的国度，
占世界红枣产量的 98%。据史料记载，红
枣是原产中国的传统名优特产树种，已有
8000 多年历史。红枣是一种营养佳品，被

誉为"百果之王"。

② 铁杆庄稼上了纲，滋阴补阳食疗方：指红枣的特点是维生素含量非常高，有"天然维生素丸"的美誉，具有滋阴补阳、补血之功效。红枣为温带作物，适应性强，素有"铁杆庄稼"之称，具有耐旱、耐涝的特性，是发展节水型林果业的首选良种。早在西周时期人们就开始利用红枣发酵酿造红枣酒，作为上乘贡品，宴请宾朋。红枣的营养健康作用，在远古时期就被人们发现并利用，《诗经》已有"八月剥枣"的记载。《礼记》上有"枣栗饴蜜以甘之"，并用于菜肴制作。《战国策》有"北有枣栗之利……足食于民"，指出枣在中国北方的重要作用。《韩非子》还记载了秦国饥荒时用枣栗救民的事情，所以民间一直视为"铁杆庄稼""木本粮食"之一。枣作为药用也很早，《神农本草经》收载。李时珍在《本草纲目》中说：枣味甘、性温，能补中益气、养血生津，用于治疗"脾虚弱、食少便溏、气血亏虚"等疾病。常食大枣可治疗身体虚弱、神经衰弱、脾胃不和、消化

不良、劳伤咳嗽、贫血消瘦，养肝防癌功能尤为突出，有"日食三颗枣，百岁不显老"之说。

③ 颗颗红枣救灾粮，军民鱼水情意长：红枣是老百姓的干粮，是军队的给养。枣从不绝收，而且当年发枝当年结果，好像天生为穷人准备的一道生命防线。桃三杏四梨五年，枣树当年就还钱。枣树花期长达一月有余，有足够时间授粉；收后，可晒干磨成面，救荒度灾。秦始皇统一六国时，红枣作为军粮；李自成起兵它也曾助其一臂之力；八路军转战陕北时也作过军粮，老百姓拿出了坚壁清野的存粮而其中就有红枣炒面支援。重阳节那天，毛泽东正饿着肚子熬夜工作，房东无它，送来一碗红枣，第二天，雄文《中国人民解放军宣言》完成了。

④ 百个品种上了榜，泥河沟村枣树王：百个品种上了榜，即指山东省泰安市宁阳县东云村和黑石村的宁阳大枣已有三千多年历史，以其枣大极甜而闻名，南宋文天祥写诗赞美宁阳"桑枣人家近，蓬蒿客路长"；

2000 年被国经林协会命名为"中国名特优经济林——大枣之乡"。山东省枣庄大红枣素有"女娲圣地，万亩枣乡之称"，所产红枣均产自丘陵山区，无水源灌溉，无专人管理，无农药，以真正的绿色无污染而闻名于世。山西省稷山板枣，素以"皮薄、肉厚、核小"著称于世，2009 年被国家农业部、中国农科院、中国果蔬流通协会等单位评选为中国十大名枣之首。山西省太古瓶枣是新疆和田玉枣的母种，可鲜食或制干，也可做蜜枣；成熟后果皮暗红，果形上小下大、中间稍细，形状像壶也像瓶，故称为壶瓶枣。河北省阜平大枣属婆枣，是全国 700 多个品种中干食最为优良的品种之一，它具有个大、皮薄、肉厚、核小、可食率高、干枣含糖量高等特点，有"天然维生素丸"之称。河北省行唐大枣已有三千多年历史，主要有墩子枣、长枣、婆枣、玉城脆枣等 12 个品种，栽植面积已达 60 万亩，常年产量 8 万吨，已通过无公害环评认证。新疆阿克苏红枣，生产的干灰枣均是在树上自然风干的吊红枣，具有皮薄、肉厚、质地较密、色泽鲜亮、含糖量高、口感松软、纯正香甜的特点。8月到10月收获的有园脆枣、微枣、赞皇枣、骏枣。新疆若羌灰枣有四千多年历史，有对枣的爱情故事……若羌红枣被评为名牌产品。新疆和田红枣，它含蛋白质、脂肪糖类、纤维素，营养十分丰富。陕西省清涧狗头红枣栽培有四千多年历史，主要产于黄河、无定河沿岸，红枣个大、皮薄、肉厚、核小、甘甜爽口，可溶糖、维生素、淀粉等含量高，被国家农业部命名为"中国红枣之乡"。1968年港澳同胞给党中央和毛泽东主席写信，指名要吃"祖国陕甘宁边区清涧红枣"传为美谈。甘肃省临泽小枣，产于临泽、张掖、高台、酒泉等地，果实红艳、皮薄肉厚、核小。泥河沟村枣树王，即指联合国粮油署授予"全球农业遗产体系·中国佳枣园"，也即佳县泥河沟村村前有座枣园，内有三百年以上的枣树336棵，其中3棵已逾千年，更有一棵被确认为1400年，高8米，要三人合抱，这是世界的枣王；这棵枣树王，主干上，又顺左旋之势连发出三根大枝，都有水桶粗；树下30多亩枣树林全是它的臣民，前呼后拥，枝繁叶茂，也都有百年以上；一棵枣树的根可扎到方圆百米之外，任你干旱雷雨，它都能搜取石缝、土层中那一点点的营养水分。我还参观过山东省冠县万亩枣林、乐陵小枣林、保定枣树园，在内蒙古额济纳旗参观了沙枣林等等，其中有些高有十几米、二人合抱之粗的大枣树。我在北京的住院中也有一棵合抱之粗、10米多高、挡阴半亩地的堂枣树。

枣树性坚、木硬、根深、果红，其本质几近完善。它可打造枪托、车轴、家具、房梁，也可用作烤鸭、木梳、木车的身，当柴烧等等。其果实的用处就更多了。